チベット女性詩集

現代チベットを代表する7人・27選

海老原志穂 編訳

現代アジアの女性作家秀作シリーズ

段々社

ゾンシュクキ

འཛགས་མི་སྲིད་པའི་བཞུར་རྒྱུན། / དབྱངས་ཅན་མ། / ཕ་ཡུལ་ན། / ཆར་སྦྲ།

by Sungchukkyi

デキ・ドルマ

ཟླ་ཐོ་ཆུ་མོ་དཀྱུ་མདུད། / ལོ་ཐོ་བརྩེ་བའི་ཞགས་ཐག /

ཐོར་ཟིན་པའི་ང། / རྩྭ་ཐང་གི་བརྩེ་བ།

by bde skyid sgrol ma/

オジュクキ

མོ་ལོ་ཉི་ཤུ། / འཁོར་བའི་དོང་ཞབས། / གཞས་ཤིག་དྲན་རྩོལ།

by   bod gzhug skyid/

ホワモ

ང་རང་ཡང་བུད་མེད་ཡིན། / ང་ལ་གཅར་མ་ཡོང་། / འབུར་འཛོམས། / མེ།

by   dpal mo/

トクセー・ラモ

ང་དང་ལྷ་སའི་རྒྱང་ཐག / བོད། ངས་ཁྱོད་ལ་བྲིས་པ། / ལྷ་ཚོགས་ཀྱིས་སྐྱུང་བའི་བོད་མི།

by rtogs sad lha mo/

カワ・ラモ

སྐལ་བཟང་སྒྲོལ་མའི་གཏམ་རྒྱུད། / འཇིག་རྒྱུ་མེད་ན་བསམ་བྱུང་། / ང་ལ་མིག་ཆུ་མི་འདུག /

ཁྱོད་ནོར་སོང་། / ངས་པི་ཕང་དཀྲིལ་བཞིན་སླུ་ཞིག་ལེན། / སྟེ་ཆུང་ཆུང་སྟེ་མཐའ་སྐོར་དུས།

by kha ba lha mo/

チメ

འགྲོག་ཁྲི། / ཨ་ལོང་། / རྒྱང་རིང་གི་སྐར་མ་འོད་ཆེན།

by 'chi med/

This Japanese edition was published under contracts between each author and Dandansha Co.,Ltd.

目次

挿画・カバー絵　蔵西

ゾンシュクキ

གཟུངས་ཕྲུག་སྐྱིད།

ゾンシュクキ

1974年、中国青海省貴南県（チベットの伝統的な地域区分では東北チベットのマンラと呼ばれる地域に該当する）に生まれる。十代の終わりから詩の創作を始める。これまでに百編以上の詩をチベット語文芸誌に発表。詩集に『珊瑚の運命』（1999）、『やむことのない流れ』（2003）、『墓場』（2006）がある。群を抜いた表現力で海外のチベット文学研究者らの注目も集めている。2002年に家族とともにチベットを離れ、インド北部のダラムサラに亡命。13年間のインド滞在を経て、現在はオーストラリアのメルボルン在住。

やむことのない流れ

遠くから来た私は　また遠くへと流れていく
遠くへ……　終着地への明るく照らされた道
けがれなき山谷(さんや)の歌声を聴きながら
勢いよく流れていく
幾重(いくえ)にも立ちはだかる尾根がいかに高くとも
戦いに向かう勇者のように
取り囲む敵兵を蹴散(けち)らし流れていく
前進をはばむほどの疲れに見舞われようとも
はるか遠い道のりをゆく旅人のように
谷や砦(とりで)を越え流れていく

私は真白き決意を歌にのせ
大地の潤いをことほぎながら流れていく
過ぎ去った歳月とともに
はるか遠くへと流れていく
夏の暑い陽射しの中では
清冽（せいれつ）な若さをもって流れていく
冬の冷たい風の中では
硬いよろいをまとい流れていく
それから……　秋風の吹く中では
心地よく歌いながら流れていく
ありがとう　連なる山々
さようなら　草原と花々
私はやむことのない命の流れにしたがい
初々しく輝ける若さを胸に
理想の地へと流れていく

私の命の奥底でわきおこるものは
野ヤク[1]の姿と雄々しい気概である
私が美しい調べ（しら）にのせるものは
テントと穏やかなひたむきさである

この世の平穏と日々の暮らしのため
大地の潤いと輝きのため
私は遠くへ旅立つことに名乗りをあげ
この赤い血さえもためらうことなく差し出し
流れていく　たった一秒すらも惜しんで
私は　持てるすべてをみなに捧げよう

（1）ヤクとして家畜化される前の野生種。ヤクに比べ、体が大きく、気性は荒々しい。「野生ヤク」とも。
＊作者がインドに亡命する前に書かれた作品。自らがそこを離れ後にする故郷への感謝の気持ちとともに、亡命への強い決意、そして未来への思いが語られている。

ヤンチェンマ

私に見える景色すべては　霧だ
霧の中　私は静かに
一本の灯明を枕元に置き
期待に目を見開く

ヤンチェンマ(1)　私はどうしたらよいのでしょう
なにもない私は　どんな思いで自分をさがしたらよいのでしょう
外では　雪がちらつき
内では　風がふきすさぶ
冬に火の明るさを求める私は

この地の風に揺れる木の葉のよう

南にわたってゆく鶴の羽音(はおと)は山谷(さんや)に響き
モンの地(2)に戻りゆくカッコウの涙で森は濡れる
さらに　寒風にはためく祈祷旗(きとうばた)(3)……
語れない　私はすべてを語ることはできない

ヤンチェンマ　私はどうしたらよいのでしょう
雪のように冷たいこの冬を
どのようにあたたかく乗り越えればよいのでしょう

ヤンチェンマ　私はこのように道を歩んできたので
私に　清らかな詩をお椀に一杯
旅のかてとしておさずけください

私に　言葉という鋭い刃を武器としておさずけください
野生ヤクの角や骨の転がる高地を
旅ゆくべきはこの物乞いの私です

ヤンチェンマ　遠く離れた天と地の間で
私の理想という火山は　いまだしずまってはいないのです
いつか私も　妙なる調べで　大いなる世界を照らす火を
灯すことができますように

（1）芸能・音楽をつかさどる女神、弁財天。
（2）ダライ・ラマ六世（一六八三〜一七〇六）の出身地である、ブータンやインド東北部のアルナーチャル・プラデーシュ州あたりを指す。
（3）五色（青・白・赤・緑・黄）の旗を順番に並べ、両端に紐をくくりつけたもので、願いごとの成就のために民家の塀や屋上、峠などに張りわたす。

＊

「やむことのない流れ」と同様に亡命前に書かれた作品。自分の進むべき道がわからず、暗中模索の中で、芸術の女神ヤンチェンマの力添えを乞いながら、自身の内にある願望に気づいていく。「南にわたってゆく鶴」「モンの地に戻りゆくカッコウ」はいずれもダライ・ラマ六世の（あるいは彼のものと伝えられる）恋愛詩をふまえたもので、インドへ逃れる未来がほのめかされている。

ふるさとでは

川のせせらぎ　乳しぼりの音
ふるさとでは　自然の音楽がやむことはない
澄んだ空　広がる大地
ふるさとでは　自然の美しさが尽きることはない

未来　憐れみ
ふるさとでは　慎み深さという城が高くそびえている
敬虔さ　信頼
ふるさとでは　勤勉さという綱（ムタク）[1]が天から張り渡されている

われわれは　ふるさとに帰ろう
父と母
ふるさとには　われわれの愛着のすべてが残っている
あこがれと青春
ふるさとによって　われわれの幼少期のすべてができている

祖先の住んでいた本物の城をさがすなら
チベット人の本当の気質を知るのなら
われわれは　いつだってふるさとに帰らねばならない

想像という果てしなく広がる雲をまとい
われわれは　ふるさとの山から四方を見わたす
詩という清らかなメロディーを集めて
われわれは　ふるさとの草原でひたむきに奏でる

われわれは　ふるさとに帰らねばならない
一点のくもりのない笑顔と
まじりっけのないその愛情のために

（1）古代チベットにまつわる伝承で、王が天界と地上を往来できるように頭頂から天上に伸びていたとされる特別な綱。

＊亡命先のインドで、故郷である東北チベットへの思いを綴った作品。

雨音

外では雨が降っている
雨のせいで　外も内もあらわになる
心のあたたかなところ、そして、薄いところもあらわになる

雨音によってのみ
私の秘密はあらわになる
運命があらわになる
恋しさもあらわになる

愛情のような雨
悲しみのような雨
そして、涙のような雨

今夜、雨がこんなふうに降ったので
メロディーのない昨日の音楽を思い出し
過去と現在と未来に
体と言葉、そして心でつぎあてをした

結局、あまりに薄いので
涙は中に流れ込み
気持ちは外にあふれ出す

雨がこんなふうに何度も入り込むので
暗闇の砦に心を封じ込めたのに
私は自分のために　どうしても
明日を創造したくなる

＊現在の亡命先であるオーストラリアで書かれた作品。

【コラム1】

亡命した尼僧の話

三浦 順子

一九八〇年代の後半のこと、インドのチベット人難民社会のなかで漂っていた私はチベット語が話せるようになりたくて、チベット語だけが飛び交っているチベット人コミュニティーを紹介してほしいと知り合いに頼みこんだ。

ダライ・ラマ法王がインドに亡命したのは一九五九年のこと、その後を追うように脱出してきた十万あまりのチベット難民は、はじめのうち男女を問わず、道路工事や密林開拓などの過酷な労働に従事して飢えをしのぐしかなかった。

だが私がチベット難民とかかわるようになった時代は、すでに三十年の歳月が過ぎていたこともあり、皆しかるべき再定住を果たしていた。亡命政府の教育制度もよく整って子供たちには海外のスポンサーもつき、次世代はほぼチベット語と英語のバイリンガルである。そんな彼らは相手が外国人とみると、きわめて達者な英語で話しかけてくるので、こちらのチベット語は一向に上達しない。

「なら、北インドのマナリの僧院を紹介してあげよう。そこの僧院長は碩学で知られているし、男僧も尼僧も分け隔てなく平等に受け入れている。そこなら皆ほとんど英語は話せないから、あなたの望みも叶うだろう」相談相手からはこんな返事が返ってきた。

勧められるままに行ってみると、その僧院は標高二千メートル、町中から数キロ離れたリンゴ園に囲まれた山中にあった。僧院の敷地の真ん中には、男僧尼僧が集まって法要をおこない、僧院長の説法を聴くためのささやかなお堂がある。それ以外の建物はというと、各自、自力で掘っ立て小屋を建てて住むのである。驚いたことに狭い洞穴に扉をつけて住んでいる者もいた。

掘っ立て小屋といえば、そこらの石を積み上げ、隙間を泥で埋めて壁をつくり、石油缶を何枚も叩きのばした屋根をのせただけのお粗末なもので、三日もあれば建てられた。床には生々しい牛糞を塗って乾燥させる。「これを敷き詰めておくと、埃もたたないし、虫も寄ってこなくていいのよ」と私が滞在することとなった四畳半ほどの掘っ立て小屋に、わざわざ牛糞を素手で敷きつめにきてくれた尼僧さんが説明してくれたものである。そしてこの僧院にはシャワーはおろかトイレもなかった。つまり人目を避けてそこらで済ますしかないのである。

そんな環境の中にあっても、尼僧たちは、ここにいて自分たちはとても幸せだというのである。ここで僧院長が男女分け隔てなく教えを授けてくれる、他の尼僧院ではそうはいかないと。夏場には僧院長から説法をしてもらって仏教教理を学び、雪が降る冬場になれば、みなそれぞれの小屋にお籠りしてひたすら修行に励む。僧院長自身、チベット本土にあったような修行の場を、亡命の地で再現したかったのではないかと思う。

私がその僧院に滞在していたのは夏場のほんの数か月で、秋の訪れとともに寒さに耐えきれなくなり、早々とチベット亡命政府の拠点地ダラムサラに逃げ出した。

その際、中年の一人の尼さんを伴っていった。若いころ結核を病んでいた彼女は完治したと医師に言われていたにもかかわらず、いまだに、しばしば血を吐き、痩せこけたままだった。これはひょっとして結核が再発したのではないか？　そう疑った私は彼女をダラムサラに連れていって、その地のチベット人の結核の専門家の医師に診てもらおうと思ったのである。

当時、結核は亡命チベット人社会に蔓延する病気のひとつであった。標高が高く、空気のきれいなチベット本土から熱帯の地インドに下りてきたチベット人は、たやすく結核菌の餌食となったからだ。

ところがチベット人の医師（後に結核治療への貢献が認められて国際機関から表彰されたような有名人だ）は彼女から話を聞くや、こう言い放った。「あ、マナリで、ホームレスも同然に群れ暮らしている連中のひとりか」

衝撃的な言葉だった。僧院に身をおく尼僧たちにしてみると、そこはまさに修行者の楽園、だが同じチベット人であっても、西洋科学を学んだ者から見れば、単なるホームレスの吹き溜まりにすぎなかったのである。

その後の検査の結果、彼女の結核は治癒しており、血を吐くのも一種の後遺症であり、ただ養生するしかないことが判明した。私は彼女にいくばくかの金をわたし、マナリの僧院に帰ってもらった。

それから十年あまり、日本に戻った私は人に託して折々彼女に送金し、彼女からは感謝の言葉とともに、あなたにお目にかかる日を楽しみにしています、早くまたインドに来てくださいと記された手紙がつどつど届いた。

二十一世紀になってしばらく、ある日彼女の甥から、彼女が亡くなったとの連絡がきた。それもなんとトゥクダムの形をとって亡くなったという。トゥクダムというのは、最も優れた高僧だけが死の際にみせる特別なしるしで、瞑想の姿勢を保ったままで亡くなり、その後一週間あまり、肉体の腐る兆候もみせず、あたかも生きているかのような姿を保ちつづけることをいう。

彼女が高僧なみのすごい修行者であったかどうかは私にはわからない。ただ、彼女が心正しく、潔く、一尼僧として満たされた一生を全うしたことだけは確かなことだと思う。

デキ・ドルマ

བདེ་སྐྱིད་སྒྲོལ་མ།

デキ・ドルマ

1967年、中国青海省河南モンゴル族自治県（東北チベットのソクゾン）に生まれる。民族籍はモンゴル族だが、母語はチベット語。創作活動もチベット語で行う。地元の民族中学校在学時は、漢語とチベット語の教師が作家のツェラン・トンドゥップ、化学の教師が詩人のジャンブだった。創作の面でこの2人の男性作家から大きな影響を受けた。詩を書き始めたのもこの頃。大学卒業後、中学校の教師をしていたが、現在は黄南州紀律検査員会に勤務。娘、妻、そして、母の視点で書かれた詩を多数発表している。詩集に『草原の愛』（2011）がある。

妊婦の記録

一ヶ月目の幸せ

月の夜の花[1]が開く前の日々を過ごしていた時
大きな蛇がうねるように、なにかが右の腿に入り込む夢を見た
精子と卵子、そして心が無事にまじり合うと
今までにない幸せな気持ちが下腹（したばら）からむくむくとわいてきた
そして、まるい子宮の真ん中に赤ちゃんの種が
蓮の花の雄しべのようにゆっくりと開きはじめたら
体のさまざまな機能が風（ルン）[2]によって徐々に動き出す
三十八週間、私は滋養あるものを常に摂り、胎児の成育に努めなければならない

二ヶ月目の疑い

どこに行っても体はだるく、脂（あぶら）っぽいものを食べると吐き気がする
食べたいものなどなにひとつなく、食欲はすっかり失せた
日差しの下や火の気のある場所ではひどく熱が出る
この八、九週目は、胎児は魚の形(3)をしている時期であるらしい
以前にもまして用心してゆっくりと歩き
枝が揺れるように静かに動き、仕事を減らすよう心がける
朝昼晩はあっという間に過ぎ、生活のあらゆる場面で
自分の間違った行動によって子宮の中の命の巣を壊してはいないかと疑う

三ヶ月目の嬉しさ

三ヶ月目、十週ほどが過ぎた頃
下腹に手を伸ばしやさしくなでると

手のひらでつかめるくらいの硬いものがあり、思わず笑みがこぼれる
手足の成長ぶりをみると、胎児は亀の形の時期であるらしい
葱(ねぎ)やにんにくなど香りの強い食べ物やそのにおいのついた台所用品、かまどの近くに
一瞬たりともいられなくなり、口と鼻を手で覆って逃げる
きれいな空気が吸いたいという気持ちに四六時中さいなまれ
遠くの山に積もった雪をむさぼり食べたい欲求にかられる

四ヶ月目の後悔

日に日に体力は衰え、情緒も不安定なうえに
ひどい時は吐いて、内臓がひっくり返るような苦しみだ
これから少し落ち着くだろうし、ぽこぽこと遊んでいるかのような胎動で
自分の体の中に新しい生命という炎がゆらめいているのを感じる
しかし、時に全身から生気がなくなる

魔物にかどわかされ、不幸の呪いでもかけられたのだろうか
はたまた、四百四病[4]すべてがお腹に集まったのか、と
疑念で心がかき乱され、後悔のため息をもらす

五ヶ月目の驚き

日に日にふくらむ丸いお腹は着物で覆いきれず
ゆっくりした足取りからも妊婦の秘密がばれてしまいそうだ[5]
蜂が蓮の花の中を飛びまわるがごとく、妊婦の白く滑らかな顔にも
黒い肝斑(かんぱん)が目立つようになる　胎児は豚の時期に達した
形をなしつつある小さな胎児によって秘密の暗い部屋は広くなり
胎児はゆらゆらと踊りながらも、栄養あるさまざまな食べ物や飲み物を
好きなだけ味わっているのだろうか、トクトクトクという心臓の鼓動とともに
絶えず呼吸をして生きているのかと思うたびに驚く

六ヶ月目の愚かさ

この生命(いのち)は、男の子か女の子か、そんな問いを
いつも気にかけて、生まれてくる時を心待ちにする
胎動の回数を日々数え、顔をほころばせながらも
心配で気が気でなく、何度もお腹を触る
母などの経産婦らに出産時の話を聞き
妊娠中にしてはならないことを一つずつ厳密に守ること以外にできることはない
そもそも妊婦の体調変化は予測しにくく
なにが正解なのかもあいまいとなる、奥深い世界である

七ヶ月目の恐れ

お腹のでっぱりはとても大きく、歩いても座っても居心地が悪い

元気に動いて私のあちらこちらを力強く蹴るが
夫が手でやさしくなでると満足しておとなしくなる
食欲が旺盛になり、お腹がすいてすいてしかたない
出産が近づくにつれ気弱になり
おろおろしながら、赤ちゃんの衣類の準備をはじめた
フェルトでおくるみをつくり、羊毛の毛糸で帯を編み
やわらかい布を用意して、上着も何枚か愛情込めて縫った

八ヶ月目の悲しみ

日に日に重くなる体を支えられないのではないか
子宮の中ですやすや眠る胎児を驚かせたのではないかなどと怖れる
腰回りが太くなり、立っていることもつらくなり
急に足がつり、下唇をかみしめる

ある時は体がひどくむくみ、歩くこともできず
指で足を力一杯押すと、表面に白いほら貝[6]の模様がくっきりと浮かびあがった
靴も小さく感じ、皮膚は風船のようにぱんぱんに膨らんでいるのに
これまでの意気揚々とした気持ちはしぼみ、悲しくて涙がこぼれる

九ヶ月目の苦しさ

お腹は須弥山(しゅみせん)[7]ほどの大きさになり右巻きのほら貝にも似てきた
体の曲げ伸ばしはひと苦労で、はあはあと息をしていたその時
ずっしりとした命の重みは、希望をつかもうとするかのような足取りを見せた
私の体はすっかり丸くなり、支える力も衰えている
乳房は大きく膨らみ、母乳が少し出るようになった
上半身は前かがみになり、夫との営みも痛く感じる
産(う)み月(づき)ともなれば、子宮口は広がりおしるしが滴(したた)る

陣痛が数回きたところで、この妊婦の書(8)を終えたい

(1) 月経のことを指す。

(2) チベット医学の理論では、人間の体は風の性質と関わるルン、火の性質と関わるティーパ、地と水の性質と関わるベーケンの三つの要素のバランスによって機能していると考えられている。ルンは身体を成長させる機能をもつとされる。

(3) チベット医学では、三十八週以上にわたる妊娠期間中の胎児の発達段階を三段階に分け、「魚の段階」「亀の段階」「豚の段階」と生き物にたとえて表現する。各時期の胎児の形が魚、亀、豚それぞれに似ていることからそのように呼ばれている。

(4) 仏教における、人間のかかる病気すべて。

(5) チベットでは、妊娠しても腹部があまり出ていない初期段階では、周りの人たちに妊娠を悟られないように秘密にするという風習がある。

(6) 巻き貝の一種。宗教儀礼の際に吹いて音を出す法具として使用されている。チベットでは白いほら貝が一般的であり、「白いもの」の比喩として詩やことわざなどに現れる。

(7) 古代インドの世界観の中で中心にそびえる聖なる山。

(8) 「妊婦の書」の「書」は、原文では「経典、論書」にあたる単語が使われている。チベットの社会では妊娠は穢(けが)れとみなされ、隠すべきものとこれまでされてきた。しかし、着床から出産にいたるまでが命の神秘の連続であり、九ヶ月の間に日々変化する妊婦の心身の変化自体が文学のテーマとしてとりあげられるべきものであるという意図が「妊婦の書」という表現に込められている。

母の記録

一ヶ月目

大きな産声(うぶごえ)をあげ、ゆっくりとこの世界に降りてくると
ついに母とわかたれ、臍(へそ)の緒(お)は紐(ひも)で縛られた
舌の上に残った羊水と体についた不浄なものをよくぬぐい
やわらかい羊毛のおくるみに包んで寝かせた
首はすわっておらず、お腹と頭がとても大きい
赤ちゃんの肌はかすかにふるえ、曲がった足はM字のよう
黒くべたべたした胎便が出るので
生後三日は毎日拭いてやり、七日目には臍の緒がきれいに取れる
滋養たっぷりの母乳をしっかりと飲ませた後は、枕を少し高くしてやる

幼い息子の丸い背中を伸ばしてやろうと、暇さえあればさする
太陽や火の光、土ぼこりなどが目に入らないようにし
おしめを交換しつづけ、昼となく夜となく
赤ちゃんの機嫌に心を砕き、泣くたびにその原因を探す

二ヶ月目

この生活にもようやく慣れてきたが
昼と夜が逆転し、夜に何度も泣くので
私は夜番（よばん）をするために生まれてきたのかと思ってしまう
手足の動きがより大きくなり、寝床の上でばたばたと暴れる
目の前になにかが見えている時、はじめてかすかな笑みを見せるなど
赤ちゃんの体は日に日に大きくなってきているけれども
顔のしわに隠された将来の秘密など誰にもわからない

目や鼻、爪を清潔にし、常に日に当てる
ある日、便が緑色であることに気づき
焦りで胸が張り裂けそうになりながら、あわてて医者に診せると
お腹が冷えて、消化不良を起こしていたと知る
考えてみれば新米の母親には子育て経験がないのだ

三ヶ月目

母の声を聞くとかならず泣きやみ
喜んで手足をばたばたさせ、エーエー、イァーイァーと声をあげる
小さな手のひらで頭や目、耳を触りながら
時折、自分の指をしゃぶっては喜んで笑顔を見せる
首が少しすわるようになり、おもちゃをつかもうとしはじめる
シーツや肌着がびしょびしょになるほどお乳を飲み

日々まるまると太っていく息子のやわらかな体は幸せいっぱいに見える
黄色く小さな便はヤクのバターで作ったかのよう
今では自分の母の顔も大勢の中から見分け
母がどこに行っても目で追い、見当たらないと泣き声をあげる
ゆったりとした調子で子守唄を歌ってやると
心満たされたように夢心地で眠りにつく

四ヶ月目

目の前のものの動きを目で追うようになり
母に抱かれて高い高いをされるとたいそう喜ぶ
足の動きの速さを見せつけ、小さな手を伸ばしては引っ込める
なんでも口に入れ、まるでおいしいものでも食べるかのようだ
家族が食事をしているのを見ると横取りしようと手を伸ばす

口からよだれを垂らしては下唇を吸っている
馬やヤク、そして羊の群れを見せてやろうと、牧場に連れて行くと
あきもせずじっと眺めては、喜びの声をあげる
動物の鳴き声が聞こえる方向に耳を澄ませ
なにかを懸命に探しているが
顔に風があたると息苦しそうにし
時々おびえたような泣き声をあげ、嫌がって口と目をとじる

五ヶ月目

いまや母の髪の毛も一本一本、小さな手にひき抜かれ
母乳を与えている間にも爪で何度もひっかかれて耐えられない
体をはげしく動かしては、きゃっきゃと笑い声をあげる
赤ちゃんがぐんぐん成長する様を、春の息吹のように愛でる

白いフェルトの敷物に仰向けに寝かせると自力で寝返りをうち
両手の指をつかみ合ったり
足を口の中に入れて遊ぶなどの楽しみも増え
語り尽くせないほどのこの世の至福を、母も味わっている
安心しきった様子で私の胸の中で心地良さそうに眠っている時
かつて夢に現れた、空から舞い降りてきた神の子のように
純真無垢で真っ白な顔が
黒くけがされないかという心配が波のように押し寄せる

六ヶ月目

赤ちゃんの体はむちむちと太り
肉と骨もしっかりしてきて、体力は増し、自分の体を支えることもできる
人肌に温めたヨーグルトとツァンパ粥(1)などの離乳食を

スプーンで口に運んでやると、とても喜んで頭をふる
遠くの山の頂のラツェ[2]や、空に浮かぶ雲と月を指差し
目に見えるものを教えてくれるので母はとても嬉しい
時には人見知りし、顔を曇らせ口をゆがめて泣きそうな表情をし
母の胸に顔をうずめ、いやだという仕草もしてみせる
息子の名前を何度も呼び、おもちゃを取ってごらんと差し出すと
頭をあげてなんだろうという顔をしながら、取りたそうにする
紙などを手に持たせると、満足そうにくしゃくしゃにし
あきもせずそれを繰り返す様は愛らしくてしかたない

七ヶ月目

厳しく冷え込んだ冬の夜に突然、激しく泣き出し
幾晩も原因不明の夜泣きがつづいた

私のひざのふるえは止まらなくなり、息子をあちこち連れて行く
「ねんねをしたら　お馬をあげる……」と子守唄を何度も歌ったが
その甲斐もなく、疲れ果てた私は神経を病んでおかしくなる
この頃、息子はやっとものを理解しはじめ、好き嫌いを態度で示したり
手につかんだものをなんでも床（ゆか）に投げるようになり
口からぶーっとよだれを飛ばしては大はしゃぎ
出産してから一歩たりとも離れていなかった息子と
ちょっとした用事で今日は半日ほど離れた
お願いしてよその家で預かってもらい、授乳もしっかりすませたのに
私の心は息子から離れず、乳房は張り母乳がにじみ出る

八ヶ月目

家族が食事をすれば、茶碗をちょうだいと手を伸ばし

なんでも食べてみたがり、食い入るように見つめる
もう母乳だけでは満足できないのだ　そこで
野ヤクの心臓をひとかけら口に含ませ、お食い初めの儀式[3]をした
小さな前歯が上と下に四本ずつ生えてきて
たまに息子を抱いて母乳を与えていると
思いがけず乳房をかまれ、耐え難い痛みを感じる
じろっとにらみつけると、自分の非を知りすぐに離す
私がそっと支えてやると、
四角い机の端や、おんぶ用の丸い籠の縁でつかまり立ちし
喜んで叫ぶ様はまるで勝利のおたけびのよう
愛しい息子が健やかに育つのが母のなによりの幸せだ

九ヶ月目

この時期には人の仕草をまねしたがり
誰かと別れる際に「さようなら」のしるしにお手振りをし
相手に頭をつけて親愛の情を示す行動を見せる
休むことなく、あちこちはいはいするので
石や蟻など、触れてはいけないものはすべて掃き清め
息子の通るところは念入りに安全な環境を整えた
日に日に成長していることは目にも明らかだが
私の心配は以前より増し、息子の安全を常に見守る
今朝は寝床から起きあがるや息子の口から突然、
「アマ」(4)という言葉が飛び出したので、嬉しさのあまり
何度も愛情こもった言葉を返し、高い高いしてやった
母と子の奏でる心地よい幸せの歌を、この世の美しい彩りとして捧げる

十ヶ月目

六月に咲く夏の花々のようにみずみずしい幼な子の肉体は
毎日のように、めでたい成長の兆しがいくつもみられる
頭の大泉門(だいせんもん)[5]はおおむね閉じ
指尺[6]ではかると身長は伸び、髪の毛も長くなっていた
その髪が顔にかかり視界を邪魔している時もある
歩くこと以外はひとりでできるといった様子で
まっすぐ立ってはぶるぶるふるえて尻もちをつく
頭は重く足元は軽いので体を自由に操れず
目を離したすきに倒れた回数は数え切れない
新しいおもちゃを見れば楽しく遊ぶが
しばらくするとそれも放り出して目新しいものをほしがる
子育てという大仕事を経験し、私も親のありがたさを痛感する

十一ヶ月目

母の手をしっかりと握り、一歩を踏み出したその日は
大地に足をつけた喜びが抑えきれない様子だ
つかまり立ちでよちよち歩いているかと思えば
ころころ転がるカラーボールを目にし、はいはいで追いかける
母乳はそろそろ涸(か)れはじめ、求めに応じることは難しい
子育ての責任は果たしたといわんばかりに出なくなり
息子はお腹をすかせ大声で泣くので、私の気持ちは落ち着かない
どんなにおいしい食べ物を与えても要らないと床(ゆか)に投げつける
私は身も心も憔悴し、いい方法も思いつかない
腹立ちまぎれに胸を叩くとその痛みはあまりに耐えがたい
子供が不憫(ふびん)で涙があふれ、しばし悲しみにくれたが
ほどなくして幼な子の愛らしい笑い声が響き、母の顔はまたほころぶ

一年目

息子はいよいよ母の手を離れ、ひとりで何歩か歩き出すも
まだまだ自由がきかず、顔も頭も擦り傷だらけ
昼も夜もなく、眠る時以外は休まず動くので
愛し子の体は前よりも少し引き締まってきた
息子の顔は好奇心に満ち、なんでも自分でできるといわんばかり
家中のものをなんでも手当たりしだいに触り、口に入れるので
母の心配は高波のようにひとつ過ぎてはまた押し寄せるが
その心情を理解し、私を支えてくれる者など誰もいない

このように一年という歳月とともに成長を遂げ
外の世界への最初の一歩を踏み出した今日
目の前でわが子が初めて歩いた喜びと期待、ともに胸に抱きつつも
心の奥底に波打つ不安を私以外に知る者はない

（1）大麦を炒ってからひいて粉にしたツァンパをお湯でといてどろどろにしたもの。離乳食として与える。

（2）山神の宿り場と考えられている場所。矢をかたどった木製の長い竿を束ね合わせる形で作られている。「ラプツェ」と表記されることもある。

（3）子供の歯が生えそろわないうちは肉をかみきれないため、お食い初めの際には小さい肉の塊を口の中に入れるだけのことが多い。男児の場合は野生ヤクの心臓の肉をお食い初めで与えると、恐れを知らない英雄になり、女児の場合はレイヨウの肉を与えると温厚な性格になると言われている。

（4）チベット語で「お母さん」の意味。

（5）額の上部にある骨と骨の継ぎ目の、触るとぺこぺこしている部分。分娩時に産道を通り抜けるために出生時にはこのような隙間があるが、一歳頃から隙間が縮小し、二歳頃には触っても完全に閉じている。

（6）親指と中指を伸ばした時の、その指先の間の長さ。チベットでは、長さをはかる伝統的な単位として使用されている。

消えた「わたし」

ある日、突然
携帯に電波が入らなくなった
紙に書いた文字もどこかに消えてなくなった
トルコ石の耳飾りも珊瑚(さんご)の首飾りもこぼれ落ちた
履いていた靴も地面に沈みはじめた
徐々に　私の頭は空(くう)となり
肉体も溶け、空気にまじり合って見えなくなった

私がいくら探しても　「わたし」はみつからない　だから

消えた「わたし」は　両手で
一本の金梅草(きんばいそう)(1)を捧げ持ち
いつか「わたし」を探しもとめる人たちが
六月の青々とした草原をかき分け
みつけてくれるその日まで　花の香りをふりまいている

(1)　湿った草地に生えるキンポウゲ科の植物。膝丈ほどまで育ち、黄色い花を咲かせる。

草原の愛

私にください
滋養ある草も得られず、さまよう白と黒の家畜
化学物質に汚染され、よどんだ大気
立ち込める工場の黒い煙に、行き場をなくした雲
鬱蒼（うっそう）とした森の中で、恐れまどう臆病な野生動物
心地よい巣を銃弾で破壊された可愛い小鳥たち
コンクリートと鉄筋に欺（あざむ）かれ下敷きにされた、あわれな小石たち
窮屈な花瓶に挿され、自由を奪われた美しい花々
川の流れからはずれ、人知れず土に染み込んでいく水滴
望まぬ日照りにさらされ、めぐみの雨を必要としている作物

これらすべてを私にください
私は　けがれなく純真なる愛を緑色の種に変えて
自然の力で育っていくことにあらんかぎりの力を尽くし祝福を贈りましょう

もっと私にください
狭い路地でたくましく生きながらも、足蹴(あしげ)にされる物乞いたち
侵略され爆弾に追われ、押し合い逃げまどう民衆たち
急な階段に打ちひしがれ、立ち止まっては肩で息する足の不自由な者たち
硬い岩に道を閉ざされ、光を求める盲人たち
飢饉の際も無学のゆえに、救いのない貧しき者たち
飢えと渇きにさいなまれ、温かな家も失った孤児たち
老いの苦しみに嘆息し、子には用無しと捨てられる年寄りたち
幾千の言葉を喉に溜(た)めたまま、歌うことのかなわぬ唖者たち
人の世の喧騒(けんそう)から締め出され、聞こえることのない聾者たち

これらすべてを私にください
私は　尽きることのない豊穣なる愛を大地に広げ
思いやりと慈悲を、求められるままに捧げましょう

＊「草原の愛」とは「草原のように広い愛」の意。

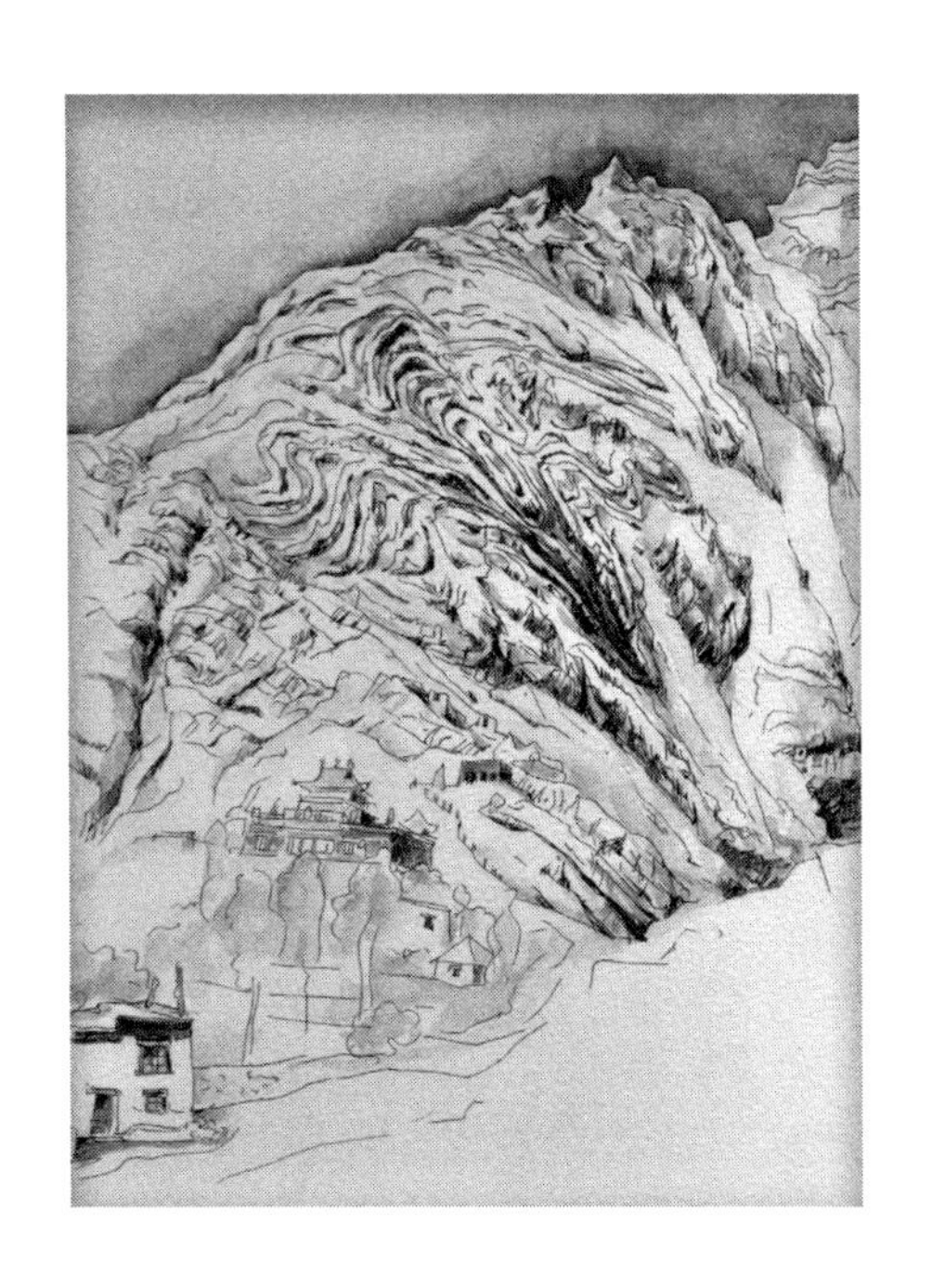

【コラム2】

チベット文学に新しい風を吹き込んだ女性たち

海老原 志穂

仏教が取り入れられた八世紀後半から、中華人民共和国の一部となった一九五〇年代までの千二百年もの間、チベット文化は仏教によって色づけられてきた。そのため、この土地で生まれた膨大な文学作品のほとんどは仏教的な思想背景のもとで男性（主に僧侶）によって書かれてきた。そのため、チベット文学は長らく「男性中心」的なものでありつづけた。

その男性中心的な文学環境の中で、例外的に女性によって書かれた作品もある。それは、ウゲン・チューキ（一六七五－一七二九）、セラ・カンド（一八九二－一九四〇）、ジェツン・ロチェン・リンポチェ（一八六五－一九五一）といった女性修行者らによる宗教体験をつづった自伝である。

また、少し変わったところでは、女性修行者カンド・タレー・ラモ（一九三八－二〇〇二）と彼女の六歳年下の修行パートナーであったナムトゥル・リンポチェとの間で交わされたラブレターともいえる書簡集などもある。

しかしながら、彼女たちはいずれも宗教的高位にある男性修行者のタントラ修行のパートナーでもあったため、彼女らの作品も宗教的権威や、男性中心という指向性から逃れることはできていない。

宗教的指向性から離れ、女性が文学作品を発表したのは、文化大革命が終わり、文芸活動にも復興と自由の兆しがみられるようになった一九八三年のことである。

その年、伝統文法学の研究者でもあるドゥクモキ（一九五九－）がチベット語の老舗文芸誌『ダンチャル』上で「電灯」という詩を発表した。チベット人女性が雑誌に詩を発表するのはこれがはじめてのことであった。

以下に「電灯」の一節を引用しよう。

あなた自身の輝く栄光は
宝のランプと同じものではない
偏ることなく、
衆生の苦しみという暗闇を晴らし
無比なる幸せを
さし出すことのできる力によるものだ
けがれなき水晶のごとき山から
放たれる光が
暗闇の力を瞬時に征するのは
力強い梵天の繰り出す魔法によるのではない
電灯自身の至高なる特質によるものなのだ

（ドゥクモキ「電灯」の一節。拙訳）

電灯の与えてくれる明るさによって夜間も読書が可能となり、知識を獲得することができる、という文明の物質的な恩恵を享受する喜びを表現したこの作品は、男性詩人が創作した「電話」という作品にならって、作者が二十代前半の頃に伝統的な定型詩で書いたものである。

しかし、チベット人女性によってはじめて発表された詩であるこの「電灯」には、実は女性目線の表現は見受けられず、作者が男性であるか女性であるかは文面からはわからないものとなっている。

また、彼女が二十一世紀に入ってから出版した詩集では明らかに男性視点で書かれた詩もあり、これらの作品に「文学的性の不一致」を指摘する研究者もいる。

ドゥクモキの「電灯」によってチベットにおける女性文学の幕は開けられたが、男性を模倣した女性による文学が男性中心の文学界に受け入れられたというのがその実であった。

そして、「電灯」が発表されてから二十年の時を経て、チベット語女性文学は段階的に発展していくこととなる。

八〇年代に中国で起きたフェミニズム文学革命の余波はチベットにも届いていた。本書にも作品が収録されているデキ・ドルマ（一九六七-）は、八〇年代に生まれた第一子を妊娠中の九ヶ月の様子をつづった詩「妊婦の記録」を書き、二〇〇三年に発表した。この詩はチベット文学において、女性の身体性をテーマとしたはじめての詩となった。

妊娠・出産が文学のテーマとなりにくかった背景には、チベット文化圏特有の理由がある。それは、妊娠というものがチベットでは「穢れ（けが）」の一つとされてきたため、妊娠・出産が公に語られることはなく、黙視されてきたということである。

デキ・ドルマはその続編として、生まれた息子が一歳になるまでの「母の記録」を同じスタイルで書き、母性や母性だけでは説明しきれない複雑な感情を詩として発表した。また、チベット人女性が日常的におこなう乳搾りなどの牧畜作業を積極的に詩題に取り入れたのも彼女である。

デキ・ドルマは、このように、女性の身体や日常的行為を文学的テーマとすることにより、現代チベット文学に女性の視点を統合し、より豊かにするために貢献してきたといえる。

その後、本書に収録されているホワモ（一九六六-）による「私は女だ」が二〇〇五年に発表され、女性文学はさらに新たなステージへと入っていった。女性の身体性を妊娠・出産を通して語るのではなく、女性の身体そのものを、そして女性である自身を讃美した。

また、二〇一一年に発表された「私に近寄るな」では、女性にまつわる男性視点の決まり文句を否定し、受け身であることを拒絶してみせ、最後に「私は誰にも属していない」と宣言した。

自身の創作以外に、ホワモは女性詩アンソロジーの出版や女性新聞の発行などにより、女性詩のムーブメントを作り出した。これについては、本書コラム、「フェミニズム運動は詩からはじまった」もあわせてお読みいただきたい。

ホワモの尽力もあり、二〇一〇年代には、女性文学叢書の出版があいついだ。二〇一二年には中国蔵学出版社から四冊、二〇一四年には青海民族出版社から五冊、二〇一八年には四川民族出版社から五冊の叢書が出版された。

詩以外にも女性による長編小説『チュラ』（カモジャ著　二〇一四）、『花と夢』（ツェリン・ヤンキ著　二〇一六）が刊行され、『花と夢』は英訳本も出版されるなど、チベット女性文学はこれまでにない注目を集めている。

詩の内容について言えば、女性の美しさを肯定し、自身の気持ちを素直な言葉で語る作品が目立つようになってきた。

チベット人女性がはじめて詩を発表した一九八三年から四〇年の間に、女性の詩はいくつかの段階を踏み、新たなテーマに挑むことでチベット文学自体にこれまでにない視点を与えてきた。

アジアの諸地域における女性文学の進展をかんがみると、チベット女性文学も今後、加速度的に表現の幅を広げ展開していくことが予測される。

オジュクキ

འོད་གཞུག་སྐྱིད།

オジュクキ

1983年、中国青海省貴徳県（東北チベットのティカ）の農村に生まれる。父親はチベット語教師として地元の中学校で長年、チベット文化の教育に熱意を傾けてきた。その父の影響を強く受け、読書の習慣が身についた。ちなみに父の教え子の一人が人気作家のラシャムジャ（邦訳書に『雪を待つ』『路上の陽光』）。大学在学中から自由詩や散文の創作を始め、2011年、優れたチベット人女性作家に贈られる祥母文学賞受賞。自身の内面に目を向け、揺れ動く複雑な心情を丁寧な言葉で表現した詩を数多く発表。好きなチベットの詩人はジュ・カザン。好きな日本の作品は村上春樹『ノルウェイの森』『海辺のカフカ』、稲盛和夫『生き方』。現在、チベット医として青海省チベット医薬研究院勤務。

女二十歳

二十歳
美しさはじける若さに
喜びの笑顔もこぼれていた
二十歳
自信と勇気をそなえ　前に進む大胆さもあった
二十歳
私はつまずき負けもした
初恋が涙となり現実に散った時には
冗談を本気にして　すっかり夢中になっていた
私は泣きたい　声をあげて泣きたい

深く傷つき苦しむ私に　友は言う
「二十歳には敗北も涙もあるわけがない」
はたしてそれは正しいのか
二十歳
鳥の王ガルーダのように悠々と空を舞い
金色の目をした魚のようにすばやく泳ぎたい
二十歳
金よりも貴い「今」を生きるため
あらたな一歩を踏み出し
美しさの別の形を探して
喜びを胸に、涙のない楽園を追い求める時が来た

歌が恋しくなる時

夜空の星々は冷たい風に散った
月もすっかり凍りついた
あなたの空の下に私の影はあるでしょうか？
歌には節(ふし)が十八種類(1)もあるというのに
あなたの歌だけが胸の中で繰り返される

昨日という壊れた鏡をのぞきこめば
今日という顔さえまだらになる
言葉は口にした途端、風にさらわれる
想いは語った途端、からめとられる
あなたは昔のように歌っていますか？

あなたは昔のようにたわいもない冗談を言っていますか?

冬は残り少なくなったページのように終わりに近づく
一年は車輪のようにまたたくまにめぐる
遠くの地で苦労していませんか?
少ない稼ぎで大変ではありませんか?

風が私の想いを遠くに連れていっても
音楽は私の悲しみを粉々にしてしまう
だから　あなたが歌ったあの歌が
再び思い出される
再び胸に染みてくる

ああ　どんなに寒くても歌ってください

どんなにさみしくても歌ってください
風はかならず私に運んでくれる
波はかならず私に届けてくれる

（1）　節が実際に十八種類あるわけではなく、節の種類が多いということを意味している。

輪廻（りんね）の穴の底

時という風に私の髪ははらはらと散る
秋が終わるのも待たずに空は冬を運んできた
自分には関係がないなどと言わないでほしい
四角い石の家を少しでも暖かくしようと
敷物とツァンパ(1)を用意し
神々に供物を捧げる

微信（ウェイシン）のモーメンツ(2)がとぎれたりするので
あなたたちが連絡をとりあっているのはわかっている
何回送っても返信がない理由が
時間という牙（きば）の間からしばしば

自分でも自分が抑えられないくらいにありありと見えてしまう

言い争いに終わりがないように
生活も先は見えない
だから　ヨーグルト種（だね）をつくり
パンを焼き
乳茶（ちちちゃ）[3]を沸かす

食べ物の味わい
身体（からだ）の健康
心の平穏
それらすべては女たちの手の中にあるようなものだ

黄色く色づいた秋の葉は茂り、散りゆく
来世に旅立った友が脳裏に浮かぶ

物思い、涙がこぼれる　それ自体が
気づかぬうちに　居場所を見失っていることの証拠だ

時に歌を聴きに行く
時にケサル王物語だって語る(4)
さらに、冬が近づけば
親戚や友人にあいさつ回りにも行く

外では風が吹き荒れていても
心の内に向かっていくチベット人たちは
ゆっくりと安定を取り戻す

輪廻という山の頂は遠くかすみ
踏み込む足先には力がこもる

今は輪廻の穴の底で
子孫を繁栄させ
経を唱えて徳を積み
蟻のように
蜂のように
平穏に向かっていく

(1) 大麦を炒ってからひいて粉にしたもの。麦こがし。これにバター、乾燥チーズ、砂糖を加え、お茶を注いで手で練って食べるのがチベットの主食。

(2) 「微信」とは、中国で開発されたメッセンジャーアプリ。日本におけるLINEのように中国で広く利用されている。「モーメンツ」とは、LINEにおけるタイムラインに相当する。

(3) わかした湯に茶葉とミルクを加えて煮出したもの。

(4) 「ケサル王物語」とはチベット、モンゴル、およびその周辺地域に口承で伝えられてきた英雄叙事詩。物語の一節を子供に語って聞かせていることを指している。

【コラム3】

チベット仏教界と女性

三浦順子

一九八七年冬、インドのブッダガヤで、ダライ・ラマ法王を基調講演者として迎え、第一回国際女性仏教者会議が開催された。……と書くと、空調のきいた立派な国際会議場に集まった世界各地の尼僧たちが、各宗派の衣もきらびやかにそれぞれの立場について語って見せたかのように思えるかもしれないが、実際の舞台は、雨もしのげないような赤テントの下にただパイプ椅子を並べただけのもの、参加者は時に太陽に焼かれ、時に冬のブッダガヤの砂埃をあびつつ発言し、傾聴するはめとなった。

たしかに各仏教国の参加者はいたが、中心を仕切っていたのはテラワーダ仏教のもとで出家したドイツ人女性アヤ・ケーマ、チベット仏教のもとで出家した米国人カルマ・レクシェー・ツォモをはじめ、仏教にあこがれを抱き、望んで出家した西洋の女性たちであった。

二十世紀後半のフェミニズム運動の潮流の中で育ってきた彼女たちは、各国の尼僧の環境を変革、向上させたいという真摯な情熱に突き動かされていた。

議題としてまず取り上げられたのが、比丘尼サンガ（比丘尼たちが集まってともに修行する集団）の問題である。チベット仏教界では女性は出家しても、女性出家者の階梯の最頂点である比丘尼になることはできず、沙弥尼、つまり新参の尼の地位に留まるしかない。

人が出家する時、根本説一切有部律か、四分律のいずれかに従って授戒する。

根本説一切有部律の流れをくむのは、チベット仏教やテラワーダ仏教であり、四分律の流れをくむのが中国や韓国、日本の仏教である。そして比丘尼になるためには、比丘十人に比丘尼十人出席のもとで、授戒儀式を取りおこなう必要がある。

四分律の流れをくむ中国仏教には比丘尼サンガの伝統が脈々とつづいているが、根本説一切有部律の流れをくむ仏教界には今現在比丘尼が存在していないので、新たな比丘尼を生み出すことができない。え、それなら、比丘尼になりたい人は、律をよく読み、私はこれを一生涯守りますと自ら誓えばいいんじゃないのと思うかもしれないが、しかるべき授戒儀式を受けていない尼を比丘尼と認める仏教教団などどこにも存在しない。鑑真和尚が五回に及ぶ遭難にもめげず、わざわざ日本に来てくれたのも、日本の男僧に比丘戒を伝えるためだったのである。


「沙弥尼のままでは、尼僧にはろくな勉学の機会も得られないし、スポンサーも得ることができない。男僧と比べると劣悪な地位に置かれたままだ。ならば比丘尼サンガ再興のために、ダライ・ラマ法王に比丘尼戒の復興をお願いしましょう。観音菩薩の化身たるダライ・ラマ法王なら、戒の復興も可能なはずだし、仏教界も納得させることができるのでは」と彼女らは声を上げた。

しかしダライ・ラマの回答は「否」であった。「そもそもいったん絶えた戒律の流れを復興できるのは釈迦牟尼仏その人だけであり、自分にはそのような資格はない。チベット仏教界に比丘尼サンガができることを自分としては望んでいるが、それをチベット仏教界に命じることはできない」と。

女性たちの失望は大きく、この問題はその後も長らく後をひき、時と場所をかえて幾度もダライ・ラマに要請がなされた。国際女性仏教者会議は翌年サキャディタ（仏陀の娘たち）という名前の組織になり、二年ごとに各国に集まって会議を開くようになっていたからである。

チベット仏教の尼僧たちのなかにも、台湾の仏光寺などに行って四分律のもとで比丘尼になるものも現れた。しかし、いくら中国仏教のもとで比丘尼になろうとも、チベット仏教界の比丘尼とは認定されることはない。一方スリランカでは女性たちの運動が実って上座部の比丘尼サンガが復興している。

比丘尼サンガ再興へのダライ・ラマ側の立場は年月が流れてもほとんど変わることはなかったが、代わりにひとつのすばらしい提案がなされた。すなわちゲシェマ（女性仏教博士）制度の確立である。

長年、チベットの尼僧たちは仏教の教育システムから排除されてきた。それがきちんとした仏教教育カリキュラムの提供がなされ、テストに合格すればはれて免許皆伝のチベット仏教の博士となることができるのである。

まずは、長年にわたりチベット仏教を学んできたドイツ人の尼僧が二〇一一年に学位を取得。

さらに二〇一六年には、チベットの尼僧が二十名、正式にゲシェマの学位を得た。

彼女らの写真をみると、みな凛としたはればれしい表情で、自信に満ちている。西洋人尼僧たちに牽引される形だったチベット尼僧たちが新たな一歩を踏み出した瞬間であった。

ホワモ

དཔལ་མོ།

ホワモ

1966年、中国青海省剛察県（東北チベットのカンツァ）に生まれる。中学校時代、高僧のもとで古典文法学、詩学、仏教論理学などチベット文化の基礎を学ぶ。1994年に西北民族学院（現・西北民族大学）に入学、トルシェ高僧や文法学の大家ホワリ・サンジェ教授らに教えを受ける。修士課程修了後、同大学で教鞭をとるようになり、現在は教授。詩は十代から書きはじめ、これまでに詩、論文、随筆など多数を発表。詩集に『春の輝き』(2014)。チベット語による初の女性詩アンソロジーの編集など女性文学の地位向上に尽力し、チベットにおけるフェミニズム運動のリーダー的存在である。本書コラム「フェミニズム運動は詩からはじまった」参照。

私に近寄るな

私に近寄るな
私は甘露ではない
私は欲望ではない
光り輝く真珠　それは私ではない
甘やかな唇　それは私ではない

私に近寄るな
私は春の輝きではない
私は享楽ではない
いきいきとした青春　それは私ではない

甘く酔いしれる愛情　それは私ではない

私に近寄るな
私は黒炭だ
私は毒ガスだ
熱を失った仮面　それは私だ
涙あふれるひとりぼっちの部屋　それは私だ

私に近寄るな
病は私だ
罪は私だ
愛のない冷たい石　それは私だ
憐れみのない殺人者　それは私だ

私に近寄るな
私は棘（とげ）だ
私は誘惑だ
苦しみに向かう生活　それは私だ
傷をつけるナイフ　それは私だ

私に近寄るな
私は束縛だ
私は監獄だ
罠（わな）にかかった小鳥　それは私だ
方角を見失った凧（たこ）　それは私だ

私に近寄ることは金輪際ゆるさない
私は誰のものでもない

＊甘露、欲望、甘やかな唇……　これらの文言はいずれも、チベット詩の中で女性に対する比喩として語られてきたものである。男性の視点から理想の女性を形容したこれらの表現を否定することにより、作者は自身が受け身の存在であることを拒絶し、最後には「私は誰にも属していない」と宣言している。

私は女だ

私ごとでも公ごとでも
王様の国政、物乞いの生計であっても
なすべきことの大小にかかわらず
なくてはならないものは女である

——ゲンドゥン・チュンペー(1)——

伝統の本質と現代の繁栄を
かきまぜてできた黄色いヤクのバター
時代の特性と知識の精髄を
みずから呑み込み咲く雪蓮花(2)
人類のよき命脈を受け継ぎ

智慧により豊かになった思考の花びら
大きく枝を広げる如意樹(にょいじゅ)(3)
新しい時代を知性によって受け入れ
よき伝統と調和した美しき羅刹女(らせつにょ)(4)

生命(いのち)に油のように滲み込んだ
美の本質と魅力
あまねく広がる光のように
あらゆる命を常に照らす太陽と月と星

それは女のはりぼてではなく
女を讃えるひからびた詩の一節でもない
それは氷の下をひそやかに流れつづけていた生命
意義ある生活を送っていくための手本

人格という器の中で罪の香りを打ち消す宝
広い心に　嫉妬と貪心(たんしん)、蹂躙(じゅうりん)といった
欲望すべてを受け止める空
深い心に　憐れみと真心、知性といった
よき行いすべてがおさめられた蔵
老いて殻(から)にしわが寄ろうとも
白き宝を育てる真珠貝

それは　私の五感だ
五臓と六腑だ
頭と四肢だ
血と肉、力と滋養だ

それは　私の認識と思考だ

生命と意識(たましい)だ
それは　私の髪の毛だ
皮膚だ
爪だ
乳首だ
子宮だ
骨の髄だ

これらすべては私だ
私は女だ
女は羅刹女だ
羅刹女は命の源だ
命の源は究極の核心だ

（1）ゲンドゥン・チュンペー（一九〇三—一九五一）は東北チベットに生まれた学僧にして画家・歴史家など様々な顔をもつ奇才である。冒頭に引用された四行詩は、世の女性を讃えたものとして有名な彼の詩。拙訳による。

（2）高地に生育するキク科の多年生植物。寒冷な気候に耐えられるよう、全体が白いうぶ毛で覆われている。滋養強壮に効果のある薬材として珍重されている。

（3）根は阿修羅の世界に、木の上部は天界に生えているといわれる空想上の樹。この樹に願をかけるとどんな望みでも叶うといわれている。

（4）一種の魔女であるが、チベットの民間伝承によると、この羅刹女と観音菩薩の化身である雄猿がまじわって生まれてきた子供たちの末裔が、現在のチベット人であるとされている。

根こそぎ

とある大草原で
土地の花たちはひっそりと
形なき圧力のもと
心の声をもらさぬよう
去りゆく足音もひそやかに
徐々に　みな言葉を失っていった

せわしなく飛び回る蜂の群れは
つぼみと見れば力づくで奪い
甘い花心（かしん）を吸いつくし
もう腹はふくれたと言わんばかりに

手籠(てご)めにした花々を打ち捨て
ガルーダよろしく大空へと羽ばたこうとしていた
花に育ててもらえなければ
飛び立つことすらできないのを完全に忘れて

一時代が過ぎ去り
優曇華(うどんげ)[1]が一輪咲いた
しかし　蜂たちがそれを味わうことはない

その花はもとより
並いる花々にはおさまらない棘をもち
蜂をも寄せつけない毒の花
声高らかに　足踏み鳴らし
ものを知らない娼婦のごとく
この地の習慣と秩序をかき乱した

蜂たちは　錦(にしき)の御旗(みはた)をかかげ
優曇華のあらぬ噂をまき散らした
この地のならわしを撹乱する娼婦であると

光かがやく花々が
にこやかな笑みを浮かべ
大きく花開こうとした時
氷のごときあの爪を思い出し
一瞬にしてまたとじる
いずれまたあのひどい仕打ちに遭うのだろうか、　そして
一時代が去った後
優曇華がふたたび咲く日はくるのだろうか、　と

（1）三千年に一度咲くといわれる空想上の花。

火

火はあまりにか弱い
火は水からつくられたという
火は生命（いのち）である
その生命はとうとうと流れる
その生命は別の生命を育み
火は幸せと苦しみの本質にまざりあう

火はあまりにやわらかい
火は血でできているという
火は生み出されたものである
生み出されたものはひかえめに生き

生み出されたものは世界を緑色に染めあげる[1]
火は自らを消滅させ無（む）に変える

火は優美さをもちあわせている
火は落ち着きをそなえている
火は鋭い角をもっている
火は無鉄砲である
火は荒々しい
火は熱く身を焦がし
自由に燃え上がれば温かさがもたらされる
火なくして生き物は生きられない
それは誰もが知っているのに
火にも自由が必要であることに　誰も気づいていない

（1）チベット語で「緑色」は「理想的なものや世界」を表すという比喩的な意味がある。ここでは、植物が大地を覆っていく様を表すとともに、「理想的なものや世界」の広がりを示唆している。

＊「女性」を「火」にたとえた作品である。

【コラム４】

フェミニズム運動は詩からはじまった

海老原　志穂

「チベット人は詩の民族だ」という言葉をよく耳にする。それはチベット人は詩を愛する民族である、という意味のほかに、詩が彼らにとっていかに発信力をもつ重要なメディアであるか（あったか）ということを物語っている。

チベット現代文学のはじまりをつげたトンドゥプジャの鮮烈な詩「青春の滝」が多くの若者たちを鼓舞してきたように、詩を書くことは単に文学的な表現であっただけでなく、時に社会運動でもあった。

チベットにおけるフェミニズム運動も、文学から起こった。その中心的な人物は、詩人にして大学教授のホワモである。

フランス人のチベット文学研究者フランソワーズ・ロバンによると、一九八〇年代から二〇一〇年代前半まで、女性による文学作品の出版は全体の一〇％にも達していなかったという。そこには女性の識字率の低さのほか、女性たちが作品を編集者や出版社に持ち込むことへの高いハードルがあった。

自身も創作をおこなってきたホワモは、その状況に危機感をおぼえ、二〇〇五年、アメリカに拠点を置くマチク・プロジェクトのサポートを受けて、チベット語による初の女性詩アンソロジー『ジョロン現代チベット女性作家詩歌精選』を編集・出版した。

続けて、二〇一一年には、小説、詩、エッセーが含まれた四冊からなる『現代チベット女性叢書』を同じくアメリカに拠点を置くトレース・ファンデーションの支援で、二〇一四年には五冊からなる『チベット族女性作家叢書』を中国政府の支援で刊行した。

これらの出版を通して、彼女は「男性と同じように、女性による文学作品にも発表の価値があるのだ」ということを証明してみせ、二〇一〇年代からのチベット語による女性文学の出版ブームの立役者となった。

ホワモの作品「私に近寄るな」「私は女だ」からは社会への怒り、女性への賞賛といった彼女の熱い思いが伝わってくる。

文学における女性の地位向上に熱意を傾ける一方で、ホワモの目は農村や牧畜村に暮らす女性たちにも向けられていた。村の女性たちの多くは、自身の身体について他者に語ることに恥ずかしさを感じるあまり、不調を感じていても周囲に相談することができず、孤立した状況におかれていた。

ホワモの観察によると、村に住む女性たちのうち四十代以上の者たちは、一九八〇年代初頭からはじまった産児制限政策のもと、一人目、または二人目の子供を出産後になかば強制的に避妊手術をほどこされているという。

その状況にホワモは大いに心を痛めた。衛生管理やセルフ・ケアについての指導や情報もない中、羞恥心から夫にすら不調を打ち明けられない目の前の女性たちの健康問題に対処したい。二〇〇九年に立ち上げた「羅刹女の会」という団体の活動の主軸を「言葉から身体へ」シフトチェンジするため、彼女は文学活動を休止することにした。

現在まで、女性医師や女性作家、女性詩人らとともに、チベット各地の村落で衛生管理や性教育に関する講習会を続けてきた。

彼女の活動に対しては、チベット社会の中で批判の声も大きい。男性だけでなく、知識層の女性たちからの反発も多くあるという。

二〇一三年から、「羅刹女の会」はこれまで救済の対象としてこなかった、尼僧たちへのサポートにも踏み出した。

性交渉や出産からは遠い存在である尼僧たちにも身体的不調はあり、一般の女性たちよりもさらにそれを打ち明けられる場は少ない。また、長期のお籠り修行で地面に座りつづけることによる健康被害は顕著なものがあったという。

教え子の女性の招きや、僧院の協力のもと、数百人から数千人規模の尼寺で活動を続けている。

詩は長らく、多くの人に影響のある表現媒体としてはほぼ唯一の手段であり、チベット人のアイデンティティーでもありつづけた。その時代を経て、現在では、動画や映画、ＳＮＳがその地位にとってかわっている。さらに、起業や社会活動も選択肢に加わってきた。

その流れをホワモも敏感に感じ取り、自身が勤める西北民族大学で女子学生向けのワークショップを開き、雇用市場で競うことのできる人材育成にも余念がない。

トクセー・ラモ

རྟོགས་སད་ལྷ་མོ།

トクセー・ラモ

1988年、中国チベット自治区ラサ市林周県（中央チベットのペンボ）の名刹として名高いレティン寺に近い町に生まれる。チベット語文芸誌『カンゲン・メト』を読んで詩の創作を志す勇気をもらい、チベット医学院卒業の頃から様々なチベット文芸誌に詩や散文を発表。2011年に祥母文学賞受賞。詩集に『チベットの女』（2014）がある。チベットを深く愛するがゆえにチベットを憂える、その複雑な心情を時にまっすぐで力強く、時に繊細な言葉で綴る。チベット現代文学の父ともいわれるトンドゥプジャの詩や小説、現在活躍中の詩人ジュ・カザンの作品を愛読。好きな日本文学は村上春樹『ノルウェイの森』。現在、チベット医としてラサ市内の中学校に勤務。

私とラサの距離

陽の光の差し込む向きや
流れる雲の方向により
私はこのように
とりどりの色を見せるラサの街中で
緑色の夢[1]を探しはじめた
日曜日のラサの広場と
私との距離がいかに遠くとも
黙っていられない私の心は
いつも通り、ラサの体温に強くひきつけられる

ラサ
枯れてしまったラサ
老いてゆくラサ
はかない夢のようなラサ
私からそう遠くないところで
消えゆく雲に映った赤い輝きのように
色はうつろいゆく

ラサ
老いて額にしわの寄りつつあるラサ
夕暮れ時の喧騒（けんそう）の中で
私とラサ

空想の地につくりあげられた、いにしえの物語

（1） チベット語で「緑色」は、色彩を表す他に、「理想的なものや世界」を表すという比喩的な意味がある。「火」（一〇七頁）に出てきた「緑色」に同じ。

＊ かつてのチベットの都であり、現在のチベット自治区の中心地でもあるラサの街への作者の思いあふれる作品。「緑色の」理想のラサを追い求める作者の目には、現実のラサはあまりに他の色がまじりすぎている。

神々にまもられるチベット人

神話を愛するチベット人は
いつも格別な光を享受している
それは神々から与えられた特別な祝福だ
光にまざりあった意識（たましい）は
近くにも遠くにもあるため
神々はまもることができているようでいて
まもることができていないようでもある

神々にまもられるチベット人は

ポタラ宮の近くに住み
ジョカン寺(1)のお膝元にいるため
神々だけを信じ
神々も彼らを特別にまもっている

神々はいくども　浄土を見せてくれ
いくども　浄土の入り口を開けてくれたが
チベット人は　薫香(くんこう)の煙と灯明の光で
浄土への道はいつだって見えていないし
入り口に手は届いていない
それにもかかわらず　チベット人は腹も立てない
それはもちろん　神々への信仰心のためである

信頼と信仰によってたゆむことなく
彼らは自身の苦楽すべてを神々に託し
この世から次の世　この世代から次の世代
過去から現在、そして、現在から未来
生まれてから死ぬまで　さらには
死んでから生まれ変わるまで
休むことなく神々を信仰してきた

今も　彼らは神々の到来を望み
神々が自分たちに特別な力を与えてくれるのを待ちつづけている
彼らはその力を一つずつ自らの数珠（じゅず）に連（つら）ねて
これから自分が転生していく多くの生を享受したいと願っている

神々にまもられている人たちは
手を伸ばしただけで心満たされ
眠り、夢を見ただけで楽しみを享受できると信じている
彼らはただひたむきに神々を信じ
神々も彼らを特別にまもっているようなのである

(1) ラサの中心地にあるチベット仏教寺院。中国語名は「大昭寺」。

チベットよ　私はあなたを書いた

痛みに唇をかみしめ
あなたの歴史という首に抱きつくたびに
私の肉と血と骨の一番の精髄は
あなたの胸から流れ出す雪解け水とともに
何者かの渇きをいやすためにとっくに飲みつくされている

時間という苦しみの中
ヤルツァンポ川(1)のように流れるその涙を
私がぬぐいさった時
黄金のようなチベットが

かつてのように燦然（さんぜん）と輝く姿が見えた

文筆に人生をついやしたさまよえる意識（たましい）が
ヒマラヤのふもとで
あなたを丸裸にして追い出したこともあれば
まるで秘密かのごとくあなたを隠したこともあった

けれども　ふところに希望をいっぱいにつめこんだチベット人たちは
あなたを古来から詩にしたため
古来から声高らかに歌いつづけてきた　だから
今日ふたたびあなたを想い、　私が詩に書いたとしても
それを秘密だなどという者はいるまい

（1）チベット高原を源流とする川。ブラマプトラ川の上流部にあたる。

【コラム5】

チベット伝統医学の女医

三浦順子

一九八〇年代後半、チベット亡命政府の本拠地であるインドのダラムサラでチベット医にかかろうと思うなら、選択肢は三択であった。

亡命政府がチベット伝統医学再興のために創設したメンツィーカン（チベット伝統医学占星院。当時は医師養成学校も薬工場も併設されていた）に行くか、肝炎治療で名高く、メンツィーカンの創設者でもあるイェシェー・ドゥンデン師の個人クリニックに行くか、インド人患者が殺到しているロプサン・ドルマ女医の個人クリニックに行くか。後者二人はメンツィーカンの医師を務めたこともある、知識、力量とも申しぶんのない名医であった。

あるときダラムサラにやってきた日本人ツアーの一人が旅の途中でぎっくり腰となり、痛みをこらえ、杖をつきつつ現れたことがあった。その初老の男性は勧められるままロプサン・ドルマ女医に診てもらったところ、てきぱきと腰骨を整える施術を施してくれた。すると、驚いたことに数時間後には痛みもほとんどなくなり、杖なしで歩けるようになったという。

私の知る限りでは、チベット医学はまず問診と脈診と尿診、治療法はチベット薬の投与、日々の食生活への注意がほとんどだったので、彼女が接骨医的な治療法を使ったことにいたく驚いた記憶がある。

チベットの仏教の流れをくむチベット伝統医学の広がりは、チベット仏教の広がりと範囲を一にし、チベット本土とその周辺のヒマラヤ地域、モンゴル、現ロシア領土内のブリヤート、カルムイクにまで至っている。だがそのなかで女医はごくまれな存在であった。二十世紀前半、いや一九八〇年前に、女医として名をなした人のほとんどが、医者の家系の生まれであると言われている。

そもそもチベットの伝統医学を学ぶには、僧院併設の医学院で学ぶか（僧侶限定なので女性は学べない）、ダライ・ラマ十三世が一九一六年にラサに設立したメンツィーカンで学ぶか（学生は僧侶と俗人の男性に限定）、代々医師を生業とする家系に生まれて、親から個人的に医学の手ほどきをしてもらうしかなかった。そしてたとえ医師の家系に生まれようとも、跡継ぎになれるのは第一に息子であり、嫁に行くであろう娘への医術の手ほどきは二の次となった。

唯一の例外が跡取り息子がいなかった場合である。つまり、女性は医師になることは可能ではあるが、そのことは決して期待されておらず、そもそも医師になるための養成システムから排除されていた。そんな環境で女性が一人前の医師と認められるには、それなりに力をもった親や権力者からのバックアップが不可欠であった。

ロプサン・ドルマが女性でありながら、どうしてこれほど名医として誉れ高い存在になることができたのか、彼女の人生記を振り返ってみることにしよう。

ロプサン・ドルマはネパールとの国境に近いキロン地方に一九三四年、代々医師を生業とする家系に一人娘として生まれた。彼女で十三代目だという。跡取り娘として親から厳しく医術をしこまれ、さらには高位ラマのもとに赴いて長年占星術・医学・仏教の勉学をつづけた。ダライ・ラマ法王がインドに逃れ亡命すると、自身も娘二人を伴ってインドに逃れるも、はじめのうちは一般の難民たちにまじってマナリなどで道路建設などの肉体労働に従事するしかなかったという。だが次第に難民のあいだで医師としての名声が高まり、ダライ・ラマ法王からもメンツィーカンの教師にと推薦を受けるまでになった。ところがメンツィーカン側が女性であることを理由にそれを拒否、結局彼女がメンツィーカンの医師になれたのは、それから十年後の一九七二年のことであった。

男女平等という時代の流れもあっただろうし、ロプサン・ドルマ女医自身がチベット難民学校のあるダルハウジーで個人クリニックを開業したところ、チベット人とインド人の双方の患者が引きも切らず押しよせるようになったという実績も大いに加味されたにちがいない。その後、欧米の大学やWHOなどに招聘されてチベット医学の講演をおこない、メンツィーカンを退職したあとは、ダラムサラに個人クリニックを設立して、多くの患者を集めることとなった。

自身は一九八九年に五十五歳の若さで亡くなっているが、娘二人もその後をついでチベット医となっている。

ひとつひとつの分野を自ら開拓していかなければならなかったロプサン・ドルマ女医の時代から数十年、仏教の伝統学問のひとつにすぎなかったチベット医学は、今やインドのアーユルヴェーダと同じく代替医療のひとつとしての地位を確立するに至っている。

また昔のような男女の垣根は取り払われ、今ではチベット本土であれ、亡命側であれ、男女平等にチベット医学を学び、チベット医になることができる。ロプサン・ドルマ女医の精神を受けついだ娘たちが、世界中で活躍する時代となっているのである。

カワ・ラモ

ཁ་བ་ལྷ་མོ།

カワ・ラモ

1977年、中国青海省天峻県（東北チベットのテムチェン）の牧畜村に生まれる。子供の頃からチベット語の文芸誌を愛読。創作活動を始めたのは大学卒業後2, 3年経ってから。これまでに詩や散文が『カンゲン・メト』『ダンチャル』など様々な文芸誌に掲載される。詩には恋愛や結婚、女性の美しさを讃美したもの、チベット文化への愛情をテーマにしたものが多い。平易な表現と繰り返しを多用したリズミカルな文体が特徴。詩集に『雪の耳飾り』(2014)。2015年、優れた詩作品に送られるカンゲン・メト文学賞を受賞。現在は中学校の教員としてチベット語を教えるかたわら、詩の創作にいそしんでいる。

ケルサン・ドルマの物語

一

ケルサン・ドルマは出ていった
父が止めるのも聞かず
母の涙に目もくれず
青年の笑顔に夢中になって

ケルサン・ドルマは出ていった
嫁入り用の雌ヤクを連れて
嫁ぎ先へとつづく花の谷を通り

嫁ぎ先での裕福な生活を胸に
自分の感覚だけを信じて出て行った
それは彼女の夢の中で花の雨が降っていたためだ
それは去年のことである

二

ケルサン・ドルマは戻ってきた
故郷の父と母を頼りに
実家の黒テント[1]が恋しくて
裕福な嫁ぎ先での嫁いびりに耐えきれず
ケルサン・ドルマは戻ってきた

裸の幼子をふところに
山のような苦労話を背負って
酔った亭主に殴られた傷痕(きずあと)とともに
涙で顔をぬらしながら戻ってきた
それは　彼女の人生に容赦なく雪が降りつけていたためだ
それは昨日のことである

（1）ヤクの毛で織った反物をつぎ合わせて作ったテント。チベットの牧畜民たちの伝統的な住居。

あなたはまちがっている

けちけちするということを
千匹の羊を飼っているのに
干からびたパンをかじっていることだと思うなら
あなたはまちがっている

けちけちするということを
大金持ちなのに
卵を抱く鶏がごとく財布をあたためることだと思うなら
やはりあなたはまちがっている

夏の盛りに　ヤルツァンポ川という薄情者が
一輪の花を　枯らしたのを知っていますか？
秋の半ばに　ペマ・トンデン草原[1]といううろくでなしが
家畜の群れを　飢えと渇きで狂わせたのを知っていますか？

つまり　美しさを外見だけで判断できないのと同様に
けちけちすることも　目に見えるものだけについて言うのではない
いや、それはちがうと言うのなら
あなたはまちがっている
あなたは本当にまちがっている

（1）　英雄叙事詩「ケサル王物語」に出てくる草原の名。

＊自分への愛情表現をけちけちしないできちんとしてほしい、と恋人に伝えた後の気持ちを綴った詩。

涙なんてない

雪でもなく　雨でもない
今朝　ツォンカの地[1]の空に
名もなきなにかがやさしくしっとりと降っているのは
あなたがこの世界に残していった　最後の涙でしょうか

空に吸い込まれ
雲間に消えていった
昨日までともに笑い合えたあの人

灯明は消え

本も閉じられた
白い礼布(カター)につつまれた意識(たましい)は
あの世で　雪のように降ったでしょうか

私は涙を流したりしない
あなたが恋しくないわけではなくて
とても悲しいことと
涙を流すのは　また別のことだと思うから

（1）青海湖東部の黄河流域一帯を指す地名。

ダムニェンを弾いて歌をうたおう

鶴が連れ立ち、南に飛び去っても
空はいまなお澄んでいるから
孤独な日々を
ため息まじりでやり過ごし、疲れることなどするものか
今宵　私はダムニェン[1]を弾いて歌をうたおう

風に花が散っても
大地はまだ衰えてはいないから
なにかを失ったからといって
目に涙をためたりするものか

今宵　私はダムニェンを弾いて歌をうたおう

かっこうが飛び立っても
年が明ければ春はほころぶから
若き心を
苦悩の園に追いやったりするものか
今宵　私はダムニェンを弾いて歌をうたおう

ほら貝のように真っ白な月が川に落ちても
金色の夢を見ることはできるから
苦難の月日を
希望と気概で奮い立たせていけないことがあろうか
今宵　私はダムニェンを弾いて歌をうたおう

悲しみの歌を　ツォンチュ河(2)の水音とともにうたおう

(1)　三味線や三線(さんしん)に似た、棹の長いチベットの弦楽器。
(2)　湟水河とも呼ばれる。青海湖の北側から西寧市を流れて甘粛省へと向かう黄河上流域の支流のひとつ。

＊恋人と別れた後の心境を詠んだ詩。

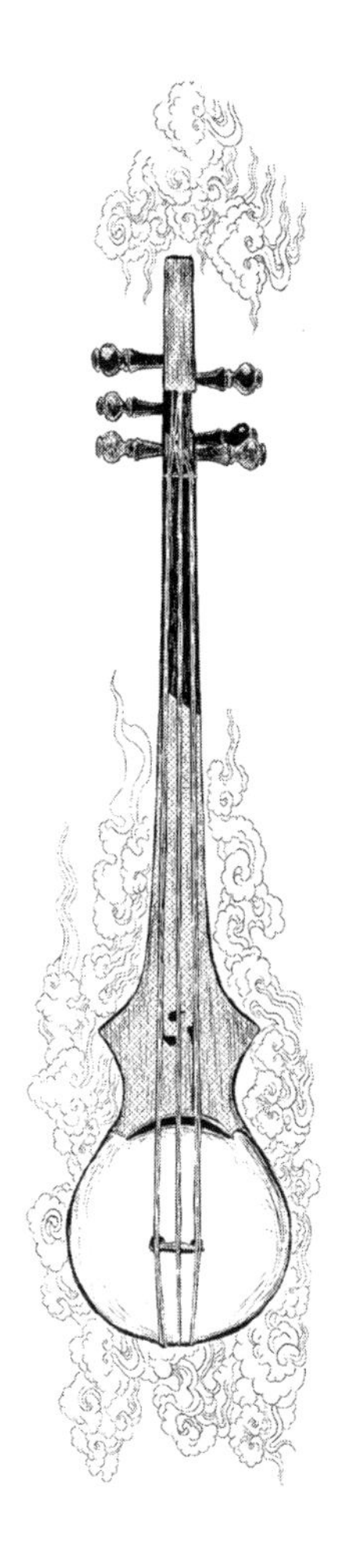

消えないでほしいと思う

一つ二つと石をつみ重ね
王の城ができた
それがポタラ宮
消えないでほしいと思う

一字二字と文字を書き連ね
文明の宝蔵ができた
金(きん)の絵のようなチベット文字
消えないでほしいと思う

一人二人と善良な者たちが集い
人々の集団ができた
チベットというあたたかい家族
消えないでほしいと思う

小さな村のはずれをめぐっている時

今朝　村の背後にそびえるテムチェン聖山(1)を仰ぎ見た
霧の中から
チベットの奥にあるカイラス山を仰ぎ見るがごとく

今朝　母なるウィハ川(2)を拝んだ
靄(もや)の中から
中央チベットのヤルツァンポ川を拝むがごとく

ふいに
はじめてラサ巡礼に行った　幼き日が思い出された

朝、目覚めた時
窓から見えたポタラ宮に手を合わせ
無性に泣きたくなった
子供心という　あの不思議なものよ

今朝
黒テントの煙もとぎれた　朝まだきの村で
他のチベットの地の山や川を想った
言葉がつぎつぎと浮かんできた
老いつつあるこの心の　なんとやわらかなことよ

今朝
東のツォンカの地から、西のガリの地(3)を想った

村の黒テントから、チベットのいにしえの宮殿を想った
今この時から、子供の時分を想った
翼をもった　この小さな心よ

(1) 作者の故郷である青海省天峻県（チベット語の地名はテムチェン）にある山。
(2) 作者の故郷に流れる川。
(3) チベット高原西部を指すチベット語の地名。古代期にはグゲ王国などが栄え、西チベットの中心であった。

*作者の故郷である東北チベットにある村の山や川、牧畜民たちが暮らす黒テントを通して、チベット人みなが心のよりどころとしてきた中央チベットや西チベットの山や川、チベットの歴史を支えてきた宮殿に、時間・空間を超えて思いはせる心の動きについて詠んだ詩。

【コラム6】

詩に詠み込まれた牧畜風景

海老原 志穂

寒冷で乾燥したチベット高原では、家畜を飼って生活する、牧畜という生業が広く営まれている。牧畜民たちは、ヤクをはじめ、羊、山羊、馬といった動物に草を食ませながらともに暮らし、その乳や肉、毛、皮、糞を生活に活用している。

チベットの牧畜民といえば、定住の家屋をもたず、草地や水を求めてテントで各地を転々とする「遊牧」のイメージが強いかもしれない。しかし、一九七〇年代以降に放牧地が各家庭に分割され、鉄網で区切られたため、現在はそれほど自由に移動をしているわけではない。

多くの場合は、そう遠くない夏と冬の放牧地を持ち、または借り、季節によって放牧場所をかえる「移牧」をおこなっている。夏の放牧地ではテントを張って過ごし、冬の放牧地では土壁やレンガでできた定住家屋を建てて過ごす。

チベットの牧畜は男女の分業によってなりたっている。地域によっても多少異なるが、女性は、毎日の乳搾り、乳加工、料理、水汲み、掃除、糞拾いを担当している。中でも、夏場には朝夕二回、冬でも一日一回はおこなう乳搾りはなかなかの重労働だ。

女性たちは、仔ヤクに母親の乳を少し吸わせ催乳してからひきはなして再びつなぎ、中腰の姿勢で搾乳桶をひざの間にはさみ、ヤクの乳首をしごき、ミルクをリズムよく桶の中に搾っていく。

搾乳桶を彼女たちのエプロンに固定するためのフックは、チベット人女性を象徴する装身具として、チベット語による初の女性詩アンソロジーのタイトル（『ジョロン 現代チベット女性作家詩歌精選』二〇〇五）にもなった。搾ったミルクの一部はバター、チーズ、ヨーグルトといった乳製品に加工される。

ミルクを攪拌してバターを取り出すためのチャーニングは、手動や電動のセパレーターが導入される以前は、木製の道具や皮袋を使って手で攪拌をおこなっており、ミルクの量にもよるが、一回に三、四時間はかかっていた。この作業は電動セパレーターを使うことにより、現在では三〇分に短縮されている。

一方、男性は、家畜の屠畜や肉の解体、去勢といった力仕事のほか、山神への祈祷や儀礼への参加といった宗教活動、そして、町での買い物、乳製品や肉などを売って現金収入を得る活動を主におこなう。毛や皮を有効利用していたかつては、テントの組み立て、皮をなめして皮衣をつくることなども男性の重要な仕事であった。

仏教と男性が中心のチベット文学においては、乳搾りやバターなどの乳製品作り、炊事、糞拾いといった女性の担う家事が文学に描かれることはほぼなかった。しかし、一九八〇年代頃からデキ・ドルマらによって、これらが詩の題材として取りあげられるようになった。本書に収録されているデキ・ドルマの作品では、「母の記録」の中で、幼い息子を抱いてテントの周りにいる家畜を見せて回るシーンや、野生ヤクの心臓の肉でお食い初めをする描写などに牧畜民らしい生活が詠み込まれている。

この他、本書収録の作品に出てくる「牧畜」にまつわる描写も挙げておこう。ゾンシュクキの「ふるさとでは」において、乳搾りの音が亡命の地にいる著者の郷愁を誘い、オジュクキの「輪廻の穴の底」では毎日の家事としてヨーグルトや乳茶作りが語られる。カワ・ラモの「小さな村のはずれをめぐっている時」では、ヤクの毛で作った村の黒テントの中で、チベットの各地や古代チベットに思いをはせる。チメの「牧畜犬」では、牧畜民たちが番犬として飼っているチベタンマスティフの視点から主人の横暴が描かれる。

家畜とともに暮らす牧畜の暮らしの風景は詩の端々に詠み込まれている。女性たちが担ってきた乳搾りや乳製品作りといった家事は、時に終わりの見えない日々の生活の象徴として引き合いに出されることもあるが、ふるさとを思う気持ちと重ねられ、愛着をもって語られることもある。

チメ

འཆི་མེད།

チメ

1964年、中国青海省同仁県（東北チベットのレプコン）の半農半牧の村に生まれる。1987年に青海民族学院（現・青海民族大学）チベット語学部卒業後、30年以上チベット語教師として地元の中学校に勤める。30歳の頃から創作を始め、多くのチベット語文芸誌に作品を発表。詩集に『月の夢』（2012）、『水の青春』（2016）がある。2022年、アメリカのバージニア大学とハーバード大学に招かれ、自身の創作とチベット人女性の文芸活動について講演を行う。ダンチャル文学賞、カンゲン・メト文学賞、野生ヤク文学賞などチベット文学界の主要な文学賞の受賞歴多数。

牧畜犬

私は牧畜犬である　この私にも自分らしい生き方がある
そもそも　私も二つの意識がめぐりあって生まれ
赤い血のかよった肉体の主体としての、れっきとした生き物なのだ

私の咆哮（ほうこう）は　雪山に囲まれた大地に響き
星々もふるえあがる寒風の中
漆黒の毛並みの美しさが
冬の大地を照らす月さえもかすませていた

激しい吹雪（ふぶき）で山谷（さんや）が見えなくなっても

凍てついた疾風（かぜ）を額で受け止め　まっすぐ向かっていった私の威勢
一回飛び跳ねただけで　星々を空から引きずりおろそうとした私の野心
冷たい風が吹けば　追いつき追いこそうとした私の傲慢

ああ　ふるさとにいればこそ　私は生も死もない永遠なる王子でいられ
ふるさとこそが　シャンバラの地だったので
私はこれまで　来（きた）るべき運命など考えたこともなかった

あの年　神々のように　慈悲と利他をふりかざし
強盗か泥棒のように　狡猾（こうかつ）にして横暴な態度で入り込んできたその主人は
私の夏の草原に　その美しさを愛（め）でる余地も与えず
私の星々に　夜空について語る暇も与えずに
すべてを　一瞬の痛みとともに欺（あざむ）きさった
こうして　道理という扉は封印され

想像すらおよばない物語の幕が開けられたのだ

そして　重い鎖が私の首にかけられて以来
棍棒や鞭（むち）、犬払い棒をお見舞いされてきた　しかし
純粋で一点の曇りもない生来の気質は
私の血と肉、そして骨の髄まで染み込んでいる
だから、ご主人さま　私はどうしたって、自分を透明な存在にできるわけがない

聞きなれない土地の言葉が四方から響き　耳に障る
監視の目を光らせる　あまたの見知らぬ顔
さらには　恐怖を呼び覚ます　いかがわしい微笑み
なにか違うでしょうか　底無し袋のように、全世界を呑（の）み込んでもなお満ち足りないあなたのせいで
死んで意識が肉体を離れ　肉体が地水火風に分解されるのを待つまでもなく
私の肉と骨、そして皮はばらばらに引き裂かれてしまうだろう

鉄筋とコンクリートでできたこの罠（わな）にかかったまま
私の歳月は流れ、涙は尽きた
しかし　私の小さな心の扉に鍵をかけられる者など誰もいない
いつだって私は　ふるさとの山と川、そして、草原を思い描いているのだから
私の美しき夢は　誰にも奪うことはできない
いつだって心は　はるかなるふるさととともにあるのだから
晴れわたる空　広がる大地
澄み切った空気　こんこんとわき出す山清水（やましみず）
天地のまじわる、かの地のすべてが　私の脳裏に焼きついている

人の世という出口のない黒鉄（くろがね）の城を
十八地獄の焦熱と極寒を
怒りと希望せめぎ合う心地で経験した今
私の五臓六腑は　腐り果てた

ふるさとよ　あなたの胸に抱(いだ)かれ
あこがれつづけてきた緑色の夢を見る福分が私にはあるでしょうか

大地を切り裂く私の咆哮が　こだまし
風にのり
雪山の頂に一度でも届いたなら　どんなによいだろう
ご主人さま、いつの日か
あなたは　私の口まで封じるおつもりなのでしょうか

環(わ)

過ぎ去りゆく年、めぐり来(く)る月
隔たり隔たったお互いであっても
想い合いながらも遠く離れるこれらの年月は
喜びと苦しみが交互に訪れる輪廻という鉄の環

心と心で味わった感情の蓄積を
カルマと肉体の中で熟した小さな家の中で
書きつけた紙束は山ほどの高さになるけれども
一生かけても書き尽くすことのできない家庭という環

弦の振動するダンスステージ
白や赤の照明きらめく舞台で
歌に歌詞がないと思ったらそれは夢
うろたえて目覚める寝室の幻影の環

色とりどりに咲く花々の美しさははかり知れない
蜂はその口で蜜を吸い至福を得る
ほうぼう探し回ってはくたびれはて
宿り場もなくひとり身で過ごす疲労の環

ゆったりと広がる風景の中

静けさと空寂をまとい思考はめぐる
喜びと悲しみを指折り数えると
数えきれない過去の悲しみの環

秘めた心、そして、愛情という緑の庭
並べてみればそこには消されぬままの心模様
色をつけずにありのままの青春を
ずぶぬれの心に呼び覚ますと空っぽの環

希望、恐れ、喪失、獲得、矛盾の重い宿業(しゅくごう)により
揺るぎない愛を語る、その物語を捨て
混濁する視界に浸(ひた)されたこの生と運気(ルンタ)を

山の頂を吹きぬける風に託す希望の環

天空をめぐる日月とたわむれたくとも
翼をもたぬ肉体のために希望は絶たれる
たなびく雲に小さな足をのせることができたとしても
風が吹けば雲は消え去る運命の環

この場所がもっと高ければどんなによいだろう
寝転がっているだけで山の頂に届くのだから
この川がもっと澄んでいればどんなによいだろう
けがれをきれいさっぱり洗い流したい願望に揺れる環

雪山に陽光さす、かの地で
青々とした草原のふところに抱かれ
三十四文字を追う牧夫(1)として駆けずり回り
草原に足跡を刻む人生の環

大地を覆わんばかりの湖を
必死で櫂（かい）を漕（こ）ぎあてどもなくさまよい
突如として天地に亀裂が入った瞬間に
茫然とする混乱の環

慣習なるものに縛られつづける人の一生を
素（す）のままの自由な感性で跡形もなく壊せば

ようやく私は純粋な世界に
必要なあらゆる道理を導き出せる願望の環

ひとたび訪れたこの世の世俗的喜びも目にせず
ひとりさまよう色褪(あ)せた年月
地球と月の表面のうねりまがる模様に
自分を合わせることのない感性の環

風にさらされることくらいさまたげではない
心の芯と芯を通いあわせたあなたもそう思わないか？
騙し合うことなく互いを心の温かさで包み
ぎゅっと手を握り合う誓いの環

朝と夕が交互に訪れる一日という時間を
見せ物のようにあわただしく動き回って過ごすも
心は野放しのまま、愚かで目的のない私の行い
果てしない意識からはこぼれてしまう人生をつなぎとめる詩(うた)の環

(1) 三十四文字とは、チベット文字の子音字（三十文字）と母音記号（四文字）のことを指し、あちこち動きまわるたくさんの家畜たちをたとえている。また、このたとえには、三十四年間、中学校のチベット語教師として休みなく仕事をしてきた自らの人生も重ね合わせているという。

遠くにきらめく星

こごえる心に　降り積もる雪の花びら
涙よりもすっぱい思いの数々を
岩に打ちつけられる波しぶきの中で
思い出しただろうか　遠くにきらめく星よ

すべてが眠りに落ちた世界で
あなたは　ありのままの気持ちを両手ですくい
歩いた足跡は必ず残るというさだめを受け入れ
青春を生贄（いけにえ）にした悲しみを詩（うた）にのせた　しかし
人のうわさという冷たい風の中でも　光りつづけようと希（ねが）うひそやかな灯明（ともしび）

運命の手違いであってほしかった

赤い血を練り込んだ希望というたえだえなる意識（たましい）で
別の夢の価値をはかろうと
心臓をうがつほどの寒風吹きつける扉を　そっと叩いた時
あなたは　長い三つ編みを垂らした自分を責め
世の中の窮屈さを痛感しながら
恨み言にまみれた生という運命に甘んじた

やるせなく笑みをもらす度に　刻まれるしわとしわの隙間は
尽きることのない神話への夢想をはらんでいる
あなたが行く船着き場はどこも　嫉妬の紙片が飛び交い
カルマという深淵な物語により踏み出した一歩に　足元は揺らいだ
生きることは矛盾で成り立っている

人生はそもそも悲劇だということを　あなたはその時に知った
青春の秘密を宿した詩を書くことでようやく
あなたは自分の心の内を理解し
孤独なる意識の敗北を語ることができた
しかし　あなたの思い出にさわやかな希望を与えた者など誰かいただろうか

はるか遠くにきらめく星が
漆黒の世界を　ゆっくりと過ぎゆく時
あなたは今も変わらず　最初の丘の上に　立ちつづけている

＊困難な時代や環境の中で創作を続けてきた自身に向けて書かれた詩。「あなた」とは作者自身のこと。『ジョロン　現代チベット女性作家詩歌精選』中のチメによる作家からの一言には、

「読者のみなさんがもし私の本当の気持ちを知りたければこの詩を読んでほしい」と書かれている。

Kham
Minya
Konka
Dartsendo
2500m
Chamdo
Lhamo La Tso
Kongpo
Namche
Barwa
Samye
Sela
Tsethang
Yamdrok Yum Tso
Sakya
Palkhor Chöde
Zhangmu

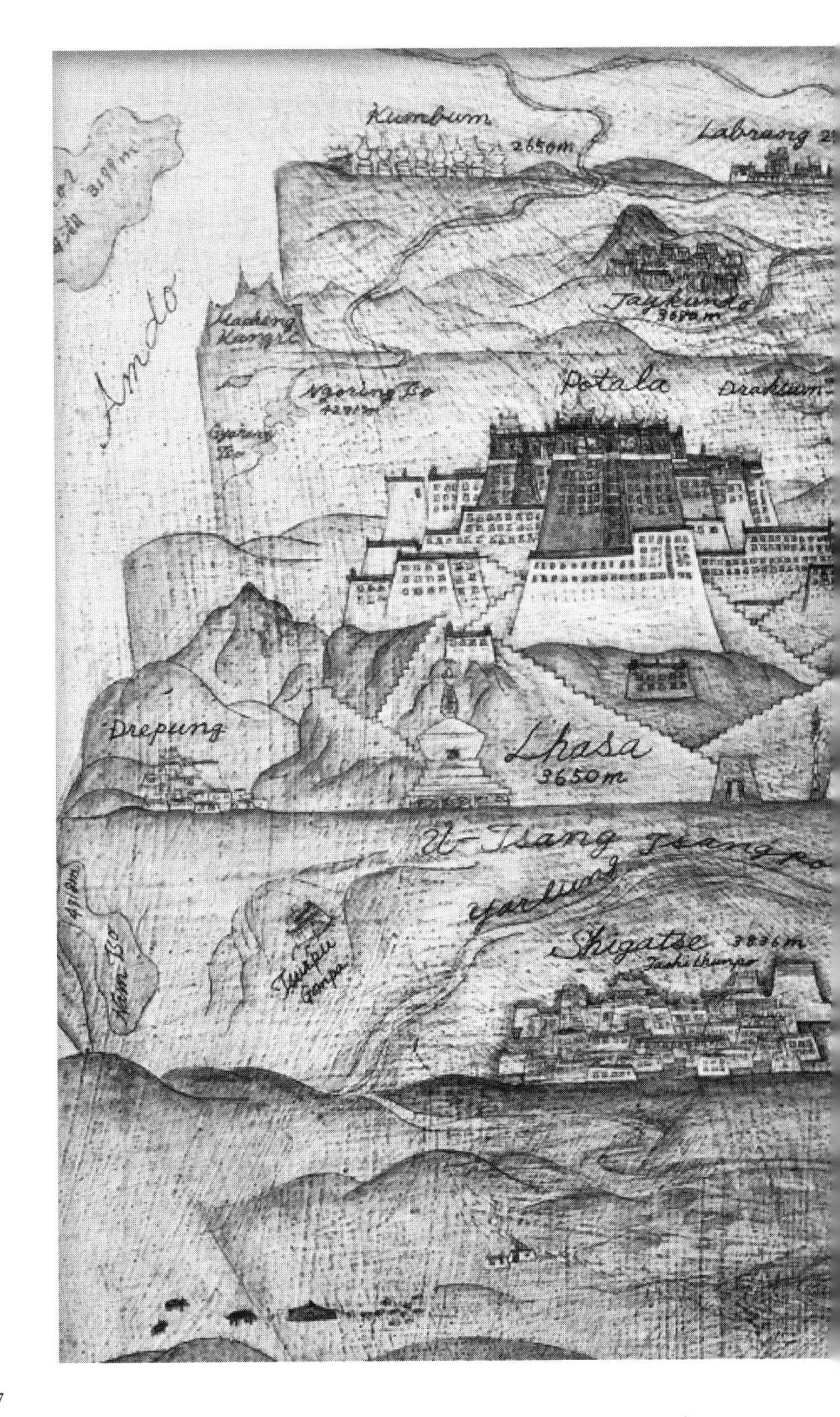

Kumbum
2650m
Amdo
Jaykundo
Potala
Drepung
Lhasa
3650m
U-Tsang
Shigatse

【コラム7】

百年前に英国で出版『私のチベット』

三浦 順子

中央アジアの覇権をめぐる英露のグレート・ゲーム[1]の場の一角になったとはいえ、世界のほとんどがチベットのことなどなにも知らずにいた一九二六年、英国で一人のチベット人女性が *We Tibetans*（邦訳『私のチベット』三浦順子訳 日中出版）なる書物を出版した。筆者はリンチェン・ハモ（一九〇一ー一九二九）、中国と東チベットの国境の町ダルツェンドでイギリス領事を務めていたルイス・マグラス・キングの妻である。彼女はおそらく英国人と結婚したはじめてのチベット女性であり、はじめて英語で本を著したチベット女性でもあった。

この本を著すきっかけについて、彼女自身、まえがきで記している。英国に来てからこのかた自分は夫にせがんで、新聞や雑誌などに掲載されたチベットの記事を翻訳してもらっていた（夫婦の共通言語はおもに中国語だった）。時に偏見にみちた、時に荒唐無稽なことが記されていると自分は大いに憤慨し、訂正記事を求める投書を新聞に投稿してほしいと夫に頼んだ。すると夫は「そんなことをしても無駄だ、チベットが外国に正しく認識されるためには、まず様々な人たちが、チベットについての本を書く必要がある。とくにチベット人自身がね」と答え、自分にそのような本を書くようにと勧めたのだ、と。

ここで当時のチベットで本を書くということがどういう意味をもっていたのか記しておくことにしよう。

チベット人が信じるところによると、チベット文字はもともと仏教の尊い教えをチベット語に翻訳するために創られたものである。そんなありがたい文字を利用して、なにか記すとなると、どうしても仏の教えに即した内容にならざるをえない。それだって有象無象の人が書いていいものではなく、確たる資格が必要である。悟りをひらいた人、瞑想を長年つづけた挙句、仏に拝顔できるようになった人、仏教の五つの学問である五明に精通している人。このような人々なら、衆生の利益のために、仏教書を記してもいいのである。

では、今の日本人が読むような小説はなかったのか？ 恋愛小説など書かれなかったのか？ という疑問が湧いてくるかもしれないが、チベット歌劇アチェ・ラモの美しい女主人公たちは、王族や族長に見初められて妃になるも、結局嫁いびりにあって、世をはかなみ、出家して悟りを開いてしまう。書かれたものすべては悟りへの道につながっていなければならないのである。

『私のチベット』が扱っている内容は、チベットの自然、農耕と牧畜、風俗、宗教儀礼、民話など、伝統的なチベット世界ではほとんど文字に記されてこなかったものである。リンチェン・ハモは、チベット人がチベットでどんなことをやっているのか、どんなことを考えているかを語りたかったのだと述べている。『私のチベット』の英語は極めてシンプル、だが、その内容はいまだ貴重な資料だ。そこには若い女性の誠実かつ真摯な目がある。

もし彼女がチベットに留まっていたなら、こうしたことを記そうなどとはつゆほども思わなかっただろう。そもそも一般女性がものを書くという伝統も文化もなく、日本の平安時代の宮廷文芸サロンのような場も存在しなかったからである。豊かな口頭伝承の物語は確かに存在した。しかし、それが書き記されることはなかった。

リンチェン・ハモはさらに夫のこんな言葉を記して

いる。チベットの女性の手になる本が「英国で」出版されるなど前代未聞のことだから、かならず世間の興味をひくことになるだろう。かりに出版できなかったとしても、それはきっと夫婦にとって楽しい共同作業となるにちがいない。これからあなたが長らくチベットに戻れなかったとしても、記憶のなかに薄れゆくチベットを永久に記録に留めることができるのだから、と。

つまり、この本はチベットの文化に共感をもった西洋人の夫という最高の読者を得ることで誕生したのである。

夫ルイス・マグラス・キングは中国で布教をおこなってきたスコットランド系の宣教師の家系に生まれた。代々、中国での体験を本にしたり、小説を書いたりする文筆一家でもあった。母親もまた作家である。だから彼にしてみれば、女性がものを書くのはまったく不自然な行為ではなかったにちがいない。

リンチェン・ハモが夫とともにロンドンにやってきたのは、一九二五年、二十四歳の時である。二人のあいだには四人の子供が誕生したが、四年後の一九二九年、惜しくも結核によって早世した。

残念なことに二人がどのようにして出会い、困難を乗り越えて国際結婚するにいたったのか、夫婦ともはっきりしたことを記すことはなかった。だが、『私のチベット』が二人のひとつの愛の証であったことはまちがいない。

(1)「グレート・ゲーム」とは、十九世紀から二十世紀初頭までつづいた英露の中央アジアをめぐる覇権争いをいう。一九〇四年、ヤングハズバンド率いる英国軍がチベットに侵攻したのもこのグレート・ゲームの一角であった。

訳者あとがき

本書は、現代チベットを代表する女性詩人七名による二七編の詩を、チベット語から翻訳した作品集である。おそらく、チベット語で書かれた現代詩の翻訳としては初の邦訳詩集となる。訳者がなぜチベットの女性詩に関心をいだくようになったのか、そして、本書が編まれた経緯について述べておこう。

訳者がはじめてチベットの女性詩人に出会ったのは、二〇〇九年、インドの亡命チベット人たちの拠点ダラムサラでのことである。その頃、チベット現代文学に興味を持ちつつあった訳者は、亡命社会で詩を書いているチベット人を紹介してほしいと現地の友人に頼んだ。そこで、待ち合わせをしていた日本料理店に現れたのが、本書で紹介したゾンシュクキと同じく詩人である彼女の夫だった。ダラムサラでの生活や創作について話を聞き、彼女が亡命後に出版したというチベット語の詩集と、「やむことのない流れ」の英語訳と解説のコピーを受け取った。帰国して数年後、チベット文学研究会が編集・出版を行っている雑誌『チベット文学と映画制作の現在　セルニャ』（以下、『セルニャ』）創刊号出版に際して英訳をたよりに「やむことのない流れ」を翻訳してみた。すると、詩のもつしなやかな強さやひたむきさにすっかり心打たれた。

この詩の翻訳を契機に、訳者はチベット女性の創作と詩の翻訳に関心をもつことになった。

その後、以前からフィールドワークを行ってきた東北チベットでも小説家や詩人たちのもとをたずね話を聞くようになった。ジャバ、タクブンジャ、ツェラン・トンドゥプ、ジュ・カザン、ナクツァン・ヌロなど。最初の頃に出会った作家らはもっぱら男性であったが、今では親しい友人となった小説家ツェラン・トンドゥプから「チベットの女性作家をもっと紹介してはどうか」という助言があった。その後、本書でも詩を収録したデキ・ドルマ、カワ・ラモ、小説家のカモジャらと交流がはじまり、彼女らの作品は『セルニャ』でも紹介した。

二〇一〇年代からは現地で書店に行くとチベット語の現代詩や小説を探して収集するようになった。女性詩アンソロジー『ジョロン　現代チベット女性作家詩歌精選』を手に入れ、折に触れてページを開くようになったのもその頃。

日本語の詩でもそうだが、現代詩は特に、わかる詩もあればまったくわからない詩もある。しかし、共感できる詩に出会えた時、灼けつくような寂しさが少しだけ軽減される気がした。その感覚は今もあまり変わっていない。

二〇一五年くらいからは現地の書店でチベット女性作家の叢書（詩やエッセー、小説を収録したシリーズ）をみかけることが多くなった。後に、それは本書の詩人の一人であるホワモの活躍によるものと知った。しかし、当時は、男性の詩だから女性の詩だから、とジェンダーの枠で文学作品をとらえることに直感的に抵抗を感じ、「女性詩」といった紹介の仕方はずっと避けてきた。

その考え方に変化をもたらしたのはフランス人のチベット文学研究者フランソワーズ・ロバンの二本の論文だった。一つは「チベット女性詩と女性の身体 ―沈黙から讃美へ」（二〇一三年）、もう一つは「女性の言葉と身体のケア ホワモと女性福祉協会『羅刹女の会』に関するフィールドノート」（二〇一五年）である（いずれも原文は英語）。

一つ目の論文は、チベット人女性による詩の創作の展開を年代別に紹介したものだ。訳者が東北地域のチベット語（アムド・チベット語）を研究するきっかけとなったドゥクモキ先生（二〇〇二年から一年間、東京外国語大学アジア・アフリカ言語文化研究所に外国人研究員として滞在）がチベット人女性としてはじめて詩を文芸雑誌に投稿した人であることも知った。その後の展開は、本書コラム「チベット文学に新しい風を吹き込んだ女性たち」に書いたとおりである。

二つ目の論文はホワモが詩の創作を通じてフェミニズム運動をはじめたこと、文学作品出版によってチベットにおける女性の地位向上に尽力したこと、その後、彼女が衛生管理の講習会を通じて、女性たちの身体を直接的に救おうとしてきたことが記されていた。詳細はコラム「フェミニズム運動は詩からはじまった」を参照してほしい。

ロバンの論文を読んであることに気づいた。それは、ひとつひとつの詩を読んでもわからなかったことが、「チベット女性詩の展開」という文脈の中でみえてくるということだ。彼女たちがどのような制約のもとで、いかなる挑戦をしてきたのかをそこではじめて理解した。チベットの女性詩をみる視点が大きく変わった。

コロナ禍がはじまり二年がたった頃、本書出版の直接のきっかけとなるできごとがあった。二〇二二年にアジア・アフリカ言語文化研究所で開催されるシンポジウム「詩歌から広がるチベット世界」でチベットの詩について発表する機会を与えられ、かねてから気になっていた女性詩をテーマとすることにしたのだ。気になっていたとはいえ、系統立てて調べたことはない。ロバンの論文やチベット女性詩集のほか、チベット文学の研究書などを調べ、内容をまとめた。また、いくつかの詩もあらたに訳してみた。

発表の前日、自宅で予行練習をしている時、ホワモの「私に近寄るな」を声に出して読んでみたい衝動にかられた。「私に近寄るな／……／私に近寄ることは金輪際ゆるさない／私は誰のものでもない」と声にした時、これまで言葉にできなかった悔しさと怒り、悲しみがないまぜになった感情がそこに投影されているのを感じた。

翻訳はしても詩の朗読をしようなどとは考えたこともなかったが、発表の日、どうしても詩を読み上げたくなり、「私に近寄るな」ほか数編の詩を朗読した。チベット女性詩と訳者との距離がより近くなった瞬間だった。

シンポジウムの参加者からさまざまな質問や助言をもらい、さらにチベット詩に真剣に向き合うようになった。チベットの女性詩集を出版したいという考えが強くなり、アジアの女性文学シリーズを刊行している段々社で出版を引き受けていただけることになった。

さっそく作品選びをはじめ、計七人の作家の詩を訳すことにした。チベットに住む詩人が六名と亡命地にいる詩人が一名。出身地別に分類すれば、東北チベット出身が六名、中央チベットが一名となる。

作家らにもWeChat（微信）で連絡を取り、翻訳を快諾してもらえ、詩も送っていただいた。その中から、テーマが偏らないように二七編の詩を選ぶことができた。詩の読解の一助となるよう、文化的に理解が難しい語や表現は脚注で解説し、必要に応じて詩の解説も各詩の末尾につけることにした。編集作業に入ってから、さらに、チベットの女性たちの暮らしや彼女たちの置かれている環境、詩の書かれた背景が読者に伝わるようなコラムを入れることにした。詩だけではなく、チベットの女性に関するまとまった情報をコラムで読むことができる、というのは本書の特色のひとつだと自負している。

「やむことのない流れ」「消えた『わたし』」「ケルサン・ドルマの物語」、そして、「消えないでほしいと思う」の四編は、『セルニャ』にすでに翻訳を掲載している。本書の出版にあたり改稿し、転載の許可を得た。

限られた時間の中、いくつかの山場を乗り超えながらもチベットの女性の声を詩集としてまとめ、上梓することができたことは万感の思いである。

本書の出版にあたっては多くの方々にひとかたならぬお世話になった。

七名の詩人からは様々な資料を送付いただき、不明点がある時には WeChat を通じて訳者の質問に答えていただいた。特にデキ・ドルマさんには本書の企画段階から、詩人や作品の選定について多くの助言をいただいた。

本書の企画のきっかけにもなったシンポジウムでは、根本裕史、ガザンジェ、チベット文学研究会の仲間である岩田啓介、大川謙作の各氏から重要な指摘や助言をもらった。小松原ゆりさんは折に触れ、詩の朗読を勧めてくれた。今枝由郎先生からはチベット詩の形式の変遷について多くの助言をいただいた。

『月と金のシャングリラ』や『ペルシャの幻術師』（司馬遼太郎原作）などの漫画の作者であり、絵地図作家でもある蔵西さんは、詩を読み込んだ上で、詩集のイメージに相応しい装画を描いてくれた。カバー表には伝統的なチベット人女性を特徴づける編まれた髪が風に解けていく様を、裏には芸術の女神ヤンチェンマ（弁財天）が女性に手を差し伸べる様をあしらっていただいた。本文の挿画も蔵西さんによるものである。風景や建物、人物、壁画、絵地図などのスケッチの数々は、蔵西さんがチベット文化圏各地を旅する中で自身の記録のために描きためてきたものである。本書ではその一部を使わせていただいた。草本舎の青木和恵さんは、読者に内容が伝わりやすいようにこれらを選定して、レイアウトを考えてくれた。

小説家のツェラン・トンドゥプさんはいつも訳者の翻訳や研究に適切な指摘をくれ、感謝している。本書のチベット語タイトル དབྱངས་ཅན་པི་ཝང་གླང་གླང་། 「ヤンチェン・ピワン・ランラン（弁財天の琵琶の音色）」という洒落たタイトルをつけてくれたのも彼である。ラジャブン、ジャムヤン両名には翻訳の確認作業にご協力いただいた。

チベット文学研究会のメンバーでもある三浦順子さんはコラム四本の執筆を快く引き受けてくれた。インドの亡命チベット人社会での長期滞在や翻訳経験に根ざしたコラムは独特の感性にあふれている。

詩歌シンポジウムの主催者であり、『セルニャ』の編集長でもある星泉先生は、女性詩についての発表の機会を与えてくれたのみならず、激務にもかかわらず丁寧に訳稿に目を通し、ありがたい助言をくださった。

韓国、タイ、カンボジア、インド、シンガポール、イランなどアジア文学の翻訳書を長年手がけてきた段々社の「現代アジアの女性作家秀作シリーズ」の一冊にチベット文学が加わることは大変光栄なことである。訳者の背中を押しつづけてくれた編集者の坂井正子さんにも感謝したい。

なお、本書は日本学術振興会特別研究員研究奨励費（課題番号 20J40127）と東京外国語大学アジア・アフリカ言語文化研究所の共同利用・共同研究課題「チベット・ヒマラヤ牧畜文化論の構築――民俗語彙の体系的比較にもとづいて――」（代表：海老原志穂）の成果の一部である。

本書の出版をひかえた二〇二三年の年明けに、フランス国立東洋言語文化学院（ＩＮＡＬＣＯ）

で開かれたチベット女性文学会議に参加する機会に恵まれた。チベットにおける女性の文学創作に注目する研究者らの話を直接聞き、チベットの女性文学への関心の高まりを肌で感じることができた。また、日本におけるチベット文学の翻訳状況や本書に関して訳者自身も発表を行い、海外の研究者に知ってもらえたことは幸いであった。

最後になったが、翻訳と原稿の赤入れに励む訳者をかげながら支えてくれた夫で西夏語研究者の荒川慎太郎と、母性などという言葉では割り切れない複雑な感情を体験させてくれた息子の荒川澄人にも感謝したい。息子の存在がなければおそらく本書はうまれなかった。

二〇二三年二月

海老原 志穂

◆ 収録作品出典 ◆

ゾンシュクキ

やむことのない流れ／初出『ダンチャル』(2002)

ヤンチェンマ／初出『カンゲン・メト』(1998)

ふるさとでは／初出『ダクモ』(1999)

雨音／未公刊、執筆 2018 年

デキ・ドルマ

妊婦の記録／初出「青海新聞（チベット語版）」(2003)、
　使用テキスト『草原の愛』(青海民族出版社 2011) 所収

母の記録／初出不明、
　使用テキスト『草原の愛』所収

消えた「わたし」／初出『カンゲン・メト』(2007)、
　使用テキスト『草原の愛』所収

草原の愛／初出『ダンチャル』(2002)、
　使用テキスト『草原の愛』所収

オジュクキ

女二十歳／初出『ジョロン　現代チベット女性作家詩歌精選』(民族出版社 2005)

歌が恋しくなる時／未公刊、執筆 2017 年

輪廻の穴の底／未公刊、執筆 2017 年

ホワモ

私に近寄るな／初出不明、
　使用テキスト「灯明ネット」(掲載 2011)

私は女だ／初出不明、
　使用テキスト『ジョロン　現代チベット女性作家詩歌精選』所収

根こそぎ／初出不明、
　使用テキスト『ジョロン　現代チベット女性作家詩歌精選』所収

火／初出不明、
　使用テキスト『ジョロン　現代チベット女性作家詩歌精選』所収

トクセー・ラモ

私とラサの距離／初出『カンゲン・メト』（2010）、
　使用テキスト『チベットの女』（青海民族出版社 2014）所収

神々にまもられるチベット人／初出『チベットの女』

チベットよ　私はあなたを書いた／未公刊、執筆 2020 年

カワ・ラモ

ケルサン・ドルマの物語／初出『雪の耳飾り』（青海民族出版社 2014）

あなたはまちがっている／初出『雪の耳飾り』

涙なんてない／初出『雪の耳飾り』

ダムニェンを弾いて歌をうたおう／初出『雪の耳飾り』

消えないでほしいと思う／初出『雪の耳飾り』

小さな村のはずれをめぐっている時／未公刊、執筆 2022 年

チメ

牧畜犬 ／初出『カンゲン・メト』（2009）

環／初出『民族文学』（2016）

遠くにきらめく星／初出『ダンチャル』（1999）、
　使用テキスト『ジョロン 現代チベット女性作家詩歌精選』所収

◆ 訳詩初出一覧 ◆

「やむことのない流れ」　…『チベット文学と映画制作の現在 SERNYA』vol. 1（2013）

「消えた『わたし』」（初出時のタイトルは「もう一人の私」）
…『チベット文学と映画制作の現在 SERNYA』vol. 2（2015）

「ケルサン・ドルマの物語」…『チベット文学と映画制作の現在 SERNYA』vol. 4（2017）

「消えないでほしいと思う」　…『チベット文学と映画制作の現在 SERNYA』vol. 4（2017）

●編訳者
海老原 志穂（えびはら しほ）
1979年生まれ。東京大学大学院人文社会系研究科修了。博士（文学）。現在、チベット文学、チベット語方言を研究。共訳書に『チベット幻想奇譚』（春陽堂書店）、『ダライ・ラマ六世恋愛詩集』（岩波書店）、著書に『アムド・チベット語文法』（ひつじ書房）など。

●コラム執筆　（P26, P86, P134, P188）
三浦 順子（みうら じゅんこ）
チベット関連の翻訳家。訳書に『チベットの娘』（中央公論新社）、『ダライ・ラマ　宗教を語る』（春秋社）など。

●挿画
蔵西（くらにし）
漫画家・絵地図作家。漫画『月と金のシャングリラ』（イースト・プレス）、『ペルシャの幻術師』（司馬遼太郎・原作／文藝春秋）など。

現代アジアの女性作家秀作シリーズ

チベット女性詩集

現代チベットを代表する7人・27選

2023年3月31日　第一刷

[編訳者] 海老原 志穂

[発行者] 坂井 正子

[発行所] 株式会社 段々社

〒179-0075 東京都練馬区高松4-5-4

電話 03-3999-6209

振替 00110-3-111662

http://www.interq.or.jp/sun/yma

[発売所] 株式会社 星雲社

(共同出版社・流通責任出版社)

〒112-0005 東京都文京区水道1-3-30

電話 03-3868-3275

[印刷・製本] モリモト印刷株式会社

※定価はカバーに表示してあります。

Printed in Japan

ISBN978-4-434-31809-2 C0397

現代アジアの女性作家秀作シリーズ

虚構の楽園
ズオン・トゥー・フオン
加藤栄訳
ベトナムの家族の絆を描く長編。旧ソ連で働く女性ハンが回想する故国での土地改革——。日本図書館協会選定
本体２２００円

熱い紅茶
アヌラー・W・マニケー
中村禮子／スーシー・ウィターナゲ訳
スリランカの社会派小説。シンハラ人優位の社会で粗末な茶店を営むタミル人の男の半生。日本図書館協会選定
本体１７４８円

金色の鯉の夢
◉オ・ジョンヒ小説集
オ・ジョンヒ
波田野節子訳
韓国の二大文学賞受賞作家の3中編。平凡な中年女性の心奥の煌めきを映す表題作など。日本図書館協会選定
本体２０００円

ぼくの庭にマンゴーは実るか
マンヌー・バンダーリー
橋本泰元監訳
きぬのみちえ訳
インドのニュー・ファミリー小説。両親の離婚と再婚で傷ついてゆく幼い少年の心の軌跡。日本図書館協会選定
本体２１００円

カンボジア 花のゆくえ
パル・ヴァンナリーレアク
岡田知子訳
カンボジアの政治に翻弄される人々を描く物語。ポル・ポト時代に資産家の娘の運命は？日本図書館協会選定
本体１９００円

天空の家
◉イラン女性作家選
ゴリー・タラッキー他
藤元優子編訳
イランの7人7短編。革命や戦争など時代の波に晒される女たちの生の諸相を鮮烈に描く。日本図書館協会選定
本体２０００円

チベット女性詩集
◉現代チベットを代表する7人・27選
チメ／ホワモ他
海老原志穂編訳
チベットの27詩選。80年代フェミニズム運動以降の女たちの息吹を、妊娠・労働・亡命など様々なテーマで詠う。
本体２０００円

以下続刊

鳥のおくりもの

ウン・ヒギョン
橋本智保訳

韓国ベストセラー作家の代表作。親のいない早熟な少女ジニの冷笑的な目で観察する大人たちの〈生〉の裏面。　本体２３００円

以下続刊

アジアからの贈りもの

お祖母さんの木の遺産

T・サニットゥオン
中村／辻／広川訳

お祖父さんとお祖母さんが子供だった頃のタイの暮らしの物語30話。おとぎ話のような日日を挿絵満載で描く。　本体１４５６円

もっとほんとうのこと
◉タゴール 寓話と短編

R・タゴール
内山眞理子編訳

アジア人初のノーベル文学賞受賞詩人が孫娘のために書いた遺言的な表題作など、叡智と癒しをひそませた10編。　本体１８００円

タゴールの歌
◉自然と人生をみつめなおす歌詩60選

R・タゴール
神戸朋子編訳

アジアの詩聖による歌のメッセージ。自然の歌、愛の歌、神への賛歌など、『ギトビタン（歌詩集）』より訳出。ＣＤ付。　本体２０００円

ヒマラヤの風にのって
◉小さな12の物語

ラスキン・ボンド
鈴木千歳／青木せつ子編

開発で灰色になった山で働く少年、さくらんぼの木を育てる少年など、ヒマラヤの麓の少年らを描く北インドの12編。　本体１７００円

ダワの巡礼
◉ブータンのある野良犬の物語

クンサン・チョデン
平山修一／森本規子監訳

奇跡の洞窟を求めて旅に出た野良犬ダワ。彼は人間と犬社会をどう見たのか。智慧と勇気に溢れたブータンの物語。　本体１８００円

以下続刊